アニマル・トークス

渦太表《カタリスト》

鳥影社

――人間が死んだとき、ぴったり同期してけものも死んだ。ちょうど、コインの表側だけ消えることはできないように。そして以来、混沌が隠微に支配し始めた。

（M・フーコー〝人間は死んだ〟発言の、けもの版解釈。渦汰表による）

アニマル・トークス　目次

アニマル・トークス

マンタの祭

ぼくは仰向けに海中を漂っていて、少しずつ沈みかけながら、真上の情景に魅入られている。無数のマンタが集まって、音もなく、ぐるぐる渦を巻いてるのだ。明るい翡翠《ひすい》色の水面からは、まだらに光がこぼれ落ちてくる。それを背景にして、秩序立った夢幻の輪舞が、いつ果てるともなく続く。プランクトンを食べているだけにしては、この世のものとも思えないほど美しい光景だ。

「そうか。祭なのか。でもいったい何の祭だろう」といぶかしむと、

耳元を通り過ぎるミズクラゲが、こうささやいた。

「あなたを弔ってるのよ」

（終）

アンモナイト・カフェ

どこもかしこも、かなりの年代物の骨董で固められていた。銅のハンドルに手の込んだ唐草模様の彫りこまれたミルは昭和初期、チューリップ型の白磁のカップは明治中ごろ、カウンターの上の〝裸電球にブリキの笠〟といった風情のランプは大正時代のものだ。極めつけはあるじ自身で、直径三〇センチばかりのアンモナイトなのだった。何億年も昔の存在だのに、意外と話し好きな化石だ。古風なランプが、丸っこい体のひだの陰影を濃くしている。眺めていると、そのつやつやしたらせん状の渦巻きに沿って、つい指を這わせてみたくなる。そしてそんな気分があるじには伝わるらしく、気さくにこう促すのだ。

「さあさあ、遠慮なしにお触りなさい。あたしが辿ってきた悠久の年月の積み重なりを、しかと感じ取るといい」

けれど、じつはあるじは何かと悩みながらカフェ経営をしていた。

「いろんな記憶が甦ってきて、眠れなくなるんですよ、夜は」カウンターの上にどっしり構えたあるじはこぼす。「この商売は、あたし自身の気を紛らすためにやってるようなもんです」

そう、ここは夜しかやってない。夕暮れから夜明けまでというオープン時間は駅前の居酒屋ふうだが、アルコールは出さない。とうてい手が回らなくなるそうだ。

「コーヒーに集中しなきゃならないんですよ。あ、こだわりがあるっていうより、不器用なもので」

それでも、その一杯を淹れるのにさえたっぷり一時間はかかるので、コーヒーはいつも冷めきってしまう。

「だって化石ですからね。デボン期生まれで。腰も曲がっちゃってて。急げなんて、無理言わないで下さいよ」

けれどそのぬるいコーヒーは——ただのモカブレンド、たぶん——、一億年くらい年季の入った深い味わいがするので、一番人気だった。もっとも、レギュラーコーヒーとミルクココアの二つしか、メニューにはないのだが。

「ちょっと言っときますとね、あたしたちはオウムガイとよく間違えられるんです。ぱっと見はそっくりだし、どうでもいいじゃないかって思うかもしれませんが、チョウチョとコウモリくらい違う。どっちもぱたぱた飛びますがね。どう違うかと言いますと、住房の後ろの隔壁から胚殻《はいかく》まで、それぞれの隔壁を貫いてる連室細管が、あたしらは腹側にあるんです、専門的に言うと。オウムガイの連中は逆でね。あんなやつらごときと一緒にされては名折れですよ」

あるじはしきりに憤慨するが、何を言っているのかよくわからないので、客たちは居心地悪そうにうなずくのみ。

あるじは何百万年かかかって、海の底から山のてっぺんへとじわじわ押し上げられたことが自慢の種だった。

「ひとつ壮大な話、聞きたくないですかね。なにしろこの不景気ですからねぇ」と定番のギャグみたいに客に振る。新顔の客はもちろんほとんどが食いつく。

「考えてもみて下さい。標高差八千メートルですよ。エベレストのふもとからてっぺんまでですからね。それを毎日毎日一ミリずつ上っていくんです」と言ってから、相手の想像を促すように間を置く。

「とてつもない長旅でしたね」と気遣いのある客は讃える。「だからいま、少々くたびれてるってことかな」

するとあるじは、しぶしぶ告白するのだった。

「いや、あたし自身じゃありません。残念ながら。お仲間ってことです。あたしは九州出身で純日本産」

「そうなんだ」

するとあるじはすぐさま気を取りなおして、

「そうそう、日本産て言えば、あたしらの和名、知ってます？」

「アンモナイト、しか知らないなぁ」

「菊石っていうんですよ。地味でしょ。で、せっかくなんで自分で名前つけてみました」

「名前を？」

「菊石たかし。どうですか」

「……」

「おやまあ、ぱっとしない？〝し〟と〝し〟で韻を踏んで、おしゃれだと思ったんですけどねえ」

これもまた、新顔にしかウケないなじみのギャグだった。

あるじは出し抜けに話題を変えて、

「にしても、この星の歴史ったら、けっこうな長さですもんね。あたしらは今まで長くてせいぜい四億年……ていっても、中生代でとうに絶滅しちゃいましたけどね。地球といったら四六億年。桁が違いますやん。これもまた壮大な話」

「壮大な話が好きなんだね」

「で、人間さんはどれくらいです？　ホモ・サピエンスは三万年。生まれたてですやん。いやいや、生まれるちょい前くらいかも。原人までさかのぼっても一六〇万年。これでようやっと生まれたて」

このあたりでアンモナイト・あるじの機嫌はどんどんよくなって、淹れかけのコーヒーの続きにやおら取りかかってくれるのだった。

こんなぐあいにぼくたちは夜な夜な、この博識な超大先輩の無聊《ぶりょう》を慰めるべくカフェを訪れるのだ。

（了）

アルマジロ図法

アルマジロは大事そうにお宝を持ち出してきた。ぱんぱんと土埃をはたかれたそれは、一枚の古ぼけた地図だった。ふちなんかはずいぶんささくれ立っていて、いろんな場面で引っ張り出されてきたのがわかる。

「この地図なんだけど」アルマジロは説明を始める。「アルマジロ図法っていうんだって。ぼくのひいおじいちゃんが作ったんだ。ある日突然、世界はアルマジロの形をしてるって天啓がひらめいたんだってさ」

相手は得意げに鼻先をうごめかすのだった。

こっちはしげしげとその「アルマジロの形」に目を凝らす。全体に丸っこいところが、確かにアルマジロっぽく見えなくはない。

「世界地図になるって、そりゃぼくのお手柄ってわけじゃないけど、なんか一族の誇りってやつかな。ひいおじいちゃんが言ってたって。神さまはもともと世界を、アルマジロをもとにして作ろうとしたんだってさ」

「アルマジロ仕様に？」

「そう。それそれ」

「なんでまたそんな酔狂な」とこっちはコメントしてしまう。相手は気を悪くしたふうでもなしに、

「神さま、ぼくたちアルマジロが特に気に入ってたんじゃない？　なんとなく」

「そんなえこひいきするのかな」

それには答えず、アルマジロは大げさに嘆息。

「ああだけど、残念なことにうまくいかなかったみたい。だからせめて、世界の形をアルマジロ形にして記念にしたんだって」

「なんでうまくいかなかったんだろね」

「さてそこなんだけど、いちばんの理由は——頭が悪い。動きが鈍い。引っ込み思案で孤独。それとも偏食。さもなきゃ万人受けのイケメンでもないし。かわいくもないってね。さあどれでしょう」と相手はいきなり自虐的なクイズを出す。

「さてね。見当もつかないな。神さまの意図なんてわかりっこない。いやぜんぶ当てはまってるのかい。もしかして」

アルマジロはおもむろにかぎづめを振った。

「どれでもないんだ。正解は、欲がないこと」

「欲？」

「欲のエンジンで動いていくんだから、世界は。もっともっと、ってさ。さもなきゃおんなじと

こをぐるぐるしてるだけで、面白くないみたい。神さまはきっと、退屈したくなかったんだと思う」

「そうなのかい」

で、今の世界がこうなってるわけだ。やたら目まぐるしくて、しかもなんだか偏っちゃってる。文句と不満が渦を巻いてね。アルマジロなんかはむろん蚊帳の外で。

あとでわかったが——おおかたそんなことだろうと思っていたのだが——「アルマジロ図法」の話は、名称以外まるででたらめだった。


（終）

（注）「アルマジロ図法」世界全図に用いられる地図投影法。アメリカのE・レイツが一九四三年に発表した。斜軸正射図法の正射影による変換をして得られる。この図法で作成した世界図は、斜め上から眺めた地球の表面をわずかに広げた形に見える。その名称は、驚いたとき体を球状に巻く習性のあるアルマジロにちなむ。（『ブリタニカ国際大百科事典』より）

オオカミたちの行脚

結果は目に見えていた。戦闘が終わりかけたとき、一〇頭いた群れのメンバーのうち、七頭が失われていた。群れ同士の争いは、徹底して苛烈なものになるのが通例だったが、相手集団は約二〇頭、最初から勝ち目はなかった。

小柄な〝無鉄砲〟は真っ先に相手の群れに突っ込んでいき、その勢いで一頭を組み伏せたが、すぐに他の連中に咬み裂かれることになった。〝颪〟はそれを目にするや疾風のように逃げ出したが、かなり先で追っ手の二頭に追いつかれ、おしまいになった。〝颪〟の役柄はこのように、意図せずしていつも時間稼ぎだったが、とりあえず役割は果たしたことになる。〝片目〟も〝耳なし〟も〝ささくれ〟も、それぞれが抱える古傷の疼きをものともせずに戦ったが、やがて地に倒れ伏すことになった。戦いに長けた〝牙〟は存分に相手を手こずらせ、二頭を強大な牙でのひと咬みで倒したが、すぐさま他のメンバーの総反撃を食らい、あとは多少の時間稼ぎにしかならなかった。前触れなしの敵の襲来で、最も年かさの〝知恵袋〟には知恵を発揮する暇もあればこそ、とりあえず知恵などかなぐり捨ててがむしゃらに戦うほかなかった。群れの頭目でもある〝雪毛〟をみなが何とか逃がそうと奮闘したのだった。

こうして、残った三頭、〝大食らい〟〝鼻でか〟そして〝雪毛〟はツンドラ地帯を追われ、剝き出しの氷雪原へとさまよい出ることになった。ツンドラの森と異なり、そこには獲物になる小動物はいない。オオカミには歯の立たない大型動物ばかりだ。命に関わることは心得ていたが、過酷なわばり争いの場を逃れるほかなかった。けれどもオオカミたちは根限りに絶望的な戦いを戦いながら、運命を呪うことはない。自分たちが仮に一〇頭ではなく三〇頭の群れであれば、やはり嵩にかかって相手を殲滅するか、追い出していただろう。

一人のイヌイットが、途方にくれて雪原に立ち尽くしていた。うかつだったことをいくら責めても嘆いても、もう取り返しがつかなかった。狩りの途次、新雪に隠れていた巨大クレバスに、八頭の犬たちが橇《そり》ごとひと息に呑み込まれたのだ。橇犬たちは悲鳴を上げながら奈落の底へと引きずり込まれていき、イヌイットはとっさに橇から飛び降りて間一髪、命を得た。今回は半ば慣らしの訓練を兼ねていたため、経験の浅い犬が中心だったことも災いした。老練な犬であれば、クレバスの存在を感知していったんは止まるはずだのに。クレバスの縁に這い寄って覗き込んでみても、墓穴さながらの暗みの底に見えるものは何もなかった。

肩にかけていたライフル銃と腰につけたトナカイの角の柄のナイフ以外に何もかも失ったイヌイットは、急いで町に戻る算段をしなければならなかった。方角はわかっている。距離はといえば、おそらく二〇〇キロは下らない。天候激変も珍しくない雪と氷の上を、たった一人で歩き通せるだろうか。死も覚悟しなければならない局面だった。

獲物を獲る必要があったものの、あいにく日暮れが間近だ。地平線がうす紫に染まり始めている。心細いことに火も焚くことができない。そしてまた、犬たちの悲鳴が耳について離れようとしない。イヌイットはその晩、何も腹に入れないままに眠ろうとしたが、氷の上にじかに横たわるのは無理だった。トナカイの毛皮のジャケットを通してでも冷えが沁み入ってくるのだ。幸い天候は悪くない。そこでイヌイットは、今夜は休みを取らずに歩き通すことにした。明日の朝までに二〇キロかそこらは稼ぐことができるだろう。

翌朝の夜明け、朦朧として歩みを続けてきたイヌイットは、氷原を横切っていく動物の群れを目にした。ヘラジカの大集団だ。はるか彼方、というわけでもない。ひょっとしたら追いつけるかもしれない距離だ。イヌイットは数十メートルにわたる群れの視界から自分の姿が外れたと思えるときまで、身動きせずに待った。それから群れの後尾を狙って斜めに氷原を横切り、足早についていった。

最後尾はまだ若いメスのようだった。イヌイットの銃は、スプリングフィールド製のライフルを改造して長照準としたライフルだった。視力は十分だ。銃弾の届くぎりぎりのところで、イヌイットは一瞬足を止めてライフルを構えた。銃弾の予備は懐に一〇発ほど、慎重に使わなくてはならない。残りの一〇〇発ほどの弾は、荷物の中にあってクレバスに吸い込まれていったので。

精魂込めて引金を引いた。

尻に銃弾を撃ち込まれた最後尾のメスが、のろのろと崩れ落ちた。とたんに、群れ全体がパニックに陥って暴走を始め、あっという間に彼方へと駆け去っていった。

倒れた獲物に近づくと、やはりまだ若いメスだった。尻のあたりの氷は鮮血に染まり、後足が地を駆けるようにひくひくと痙攣している。イヌイットは膝をつくと、ナイフで喉を切り裂いて手早くとどめを刺した。これでしばらくは生き延びるめどがついたわけだ。その場で湯気の立つ肝臓を食べ、肉を切り分け、きれいに毛皮を外した。肉は毛皮に包んで持ち運べるようにした。毛皮の縁を二箇所、細長く切り取り、毛皮の本体には二箇所穴を開けて、背負えるようにしたのだ。が、毛皮だけでも数キロ、肉となると数十キロの重さになるものをすべて運んではいけない。やむなく骨付き肉の多くをその場に残していくことになった。多少気力を取り戻したイヌイットは、再び町をめざして歩き出した。その日の夜からは、生乾きの分厚い毛皮を氷上に敷いて、その上で眠ることができた。

三頭はあてもなく歩き続けていた。今さらツンドラの森に戻ることは思いもよらない。今度こそ全滅だ。けれどほどなく、〝大食らい〟が何かを見つけた。まる三日間何も口にしていない者たちにとってこの上なく幸運なことに、半ば凍りついたヘラジカの残骸だった。その周りには、嗅いだことのない匂い——人間のそれ——が残っていた。三頭は何かの罠かと用心深くあたりを窺ったものの、むろん見渡す限り自分たち自身の影しかない。三頭は遠慮なく、骨付き肉のご馳走にむしゃぶりついた。これで数日間は十分命をつなげるだろう。

〝雪毛〟は見知らぬ匂いの跡を追うことに決めた。匂いの正体は知れないものの、この匂いと新鮮な骨付き肉とがしっかりと結びついたのだ。

イヌイットは苦難の徒歩旅を続けてきたが、今までどれだけ距離を稼いだのかは定かではなかった。二〇キロないし三〇キロといったところだろう。道のりがまだはるかだということだけは確かだった。まるではぐれオオカミだな、とイヌイットは思った。イヌイットは仲間内や家族からは〝オオカミ〟と渾名されていた。たんに風貌だけのことだったが、イヌイットには珍しく髪を後ろに撫でつけており、耳が少々大きかった。そして何よりも、時に牙のように閃く鋭い目つきをしているのだ。

何日めかの夕暮れ時、毛皮の上にあぐらをかいてたたずんでいるイヌイットの目に、動くものが入ってきた。それほど大きくはないが三体いる。少しずつこちらへ近づいてきているように見える。イヌイットは念のため、銃に装填した。そのときイヌイットははっとした。もしやクレバスに落ちた犬たちのうち三頭だけがどうにかして壁を這い上って助かり、急いで自分を追いかけてきたのではないか……まさか。

けれども、そのありえない期待はすぐに失望に代わった。心なしかためらいながら接近してきたのは、三頭のオオカミだった。襲いに来たのか。イヌイットは腰のナイフも鞘から抜いて膝の上に置いた。互いの顔が見える距離になったとき、イヌイットは彼らが痩せて毛の色艶も失い、少々飢えているらしいことを見てとった。けれども、こちらを襲う気配はまるでない。代わりに抑え難い好奇心のようなものが伝わってくる。オオカミが三頭だけでこんな場所をさまよっているのは、かなり異常なことだった。どだい、群れで暮らすオオカミの最小単位に達していないのだ。森を追われてきたのだ、とイヌイットには見当がついた。それにしても、なぜ自分のあとを追ってきたのか。これもまもなく推測がついた。ヘラジカの肉の匂いと自分の体臭だ。オオカミの鼻のよさはほとんど伝説的なものだった。

犬橇を駆っていたころは、もしオオカミが不用意に近づいてきたなら犬たちの気が違ったような大騒ぎで気づき、鞭と怒鳴り声で威嚇して追い払っていた――あるいは即座に撃ち殺していただろう。が、今は違った。銃弾の一発も貴重なのだ。

それに今は何か、オオカミたちが犬に代ってやってきた、という何の道理もない考えがふと頭に浮かび、そこに居座ってしまった。弾がたっぷりあったとしても、なぜか銃口を向ける気がしなかった。自分の置かれた、至って心細い状況も関係していたかもしれない。

オオカミたちはぴたりと身を寄せ合いながら警戒を緩めず、いつでも逃げ出せる距離感を保っている。こうして向き合っていると、まるで忠犬のようだ、とまでイヌイットは感じる。もっとも、体躯は橇引き犬よりふた回りは大きいのだが。

イヌイットがつと立ち上がろうという仕草を見せた刹那、〝鼻でか〟が反射的に牙を閃《ひらめ》かせた。と、〝雪毛〟がそれをたしなめるように、相手の吻《ふん》を鼻面で軽く突いた。

まだヘラジカの大ぶりの腿肉がそのまま残っていた。この一つだけは、何となしに骨を外さずに持ってきていた。イヌイットは肉をナイフで丁寧に削ぎ落とし、現れた骨に肉片がこびりついたのをごついナイフの柄で叩き壊して三等分すると、三匹に投げ与えた。投げつけられた際には腰を浮かせかけたオオカミたちだが、すぐに肉付きの骨をめいめいが確保して貪った。最後には骨の髄まで音を立てて嚙み砕き、かけら一つ残さなかった。その一部始終をイヌイットは、目を細めるようにして眺めていた。

こうして、イヌイットとオオカミたちの間に奇妙な関係が生まれたのだった。つかず離れず、オオカミたちはイヌイットの後をついてきた。もはや町までの距離は見当もつかなくなっていた。あと一〇〇キロ足らずなのか、それとも一三〇キロほどもあるというのか。疲労が澱のように溜まってきているのがわかった。眠りもいよいよ浅くなってきていた。

その日から一人と三頭は、ヘラジカの肉を大事に分かち合うようになった。節約しなければならないことはわかっていたが、イヌイットには、オオカミに自分の面倒をみてきた犬たちの魂が乗り移っているように思えたのだ。犬たちをうかうかと死なせてしまったことへの、贖罪のような気持もあったのかもしれない。生き延びなければならないイヌイットが、果てのないように思える道のりを乗り切るには、そのための勇気を振り絞らなくてはならない。今や擬似的な仲間といってもいいオオカミたちの存在は、そのために役立ってくれていた。

数日後の夜更け、毛皮の上でうつらうつらしていたイヌイットは、低い唸りのハーモニーに目覚めた。オオカミどもの気が変って、おれを襲いわずかに残っている肉を奪う気にでもなったのか。

シロクマだった。月影のもと、オオカミの一〇倍はある巨体が音もなく忍び寄ってきていたのだ。シロクマの鼻の感度もかなりのものだから、肉の匂いを嗅ぎつけてきたに違いない。三〇メートルばかりまで近づいたところで、立ち上がったオオカミたちの激しい唸り声にたじろいで、シロクマは足止めを食った形になった。イヌイットはその間に身を起こすと、ライフルに手早く弾をこめた。このシロクマもまた、人間との接触経験はないらしかった。シロクマは立ちはだかったのがオオカミと確かめると、遠慮なしに進んできた。オオカミが何頭かかろうと、とうてい敵わない相手だ。その気になれば瞬時に蹴散らすことができる。オオカミたちは、この警告の効かない相手の前を空ける以外になかった。ふだんであればイヌイットにとっても、独りきりで挑むには危険すぎる相手だった。けれど今はどんな機会も逃すには惜しかった。相手が頭を低くして五メートルばかりの距離に近づくまで、つまりぎりぎりのところまで、イヌイットは相手を引きつけた。首筋が冷や汗で湿った。そして銃が火を噴いた。頭蓋骨真正面を直撃した感触があったが、シロクマのタフさは並大抵ではない。油断して叩き殺された仲間が複数いる。イヌイットは素早く二発目を充填した。あんのじょう相手は血まみれの頭を振り立てて後足で立ち上がり、さらにこちらに向かってこようとする体勢だった。イヌイットは立て膝で銃を構え、二発目を撃った。弾はシロクマの喉のあたりを貫き、相手は勢いを削がれて前のめりに倒れた。その風圧で、イヌイットは体が一瞬浮くような気がしたほどだ。

その場が静まり返ると、向こうで難を避けていたオオカミたちが、恐る恐る戻ってきた。動かなくなったシロクマの匂いを嗅ぐだけで、手をつけようとはしない。今やこの不思議な力をもったイヌイットを、完全に自分たちのリーダーとして認めたようだった。

もったいない話だが、ヘラジカの毛皮の五倍も重いシロクマの毛皮は置き去りにしていくほかない。分厚い毛皮を剝いでしまったあとは、ヘラジカのときと同じような手順で解体する。オオカミたちはいつしかイヌイットが手を伸ばせば届くようなところで、おとなしく作業を見つめている。イヌイットはゆっくりと新鮮で油の乗った肝臓を削いでは口に入れる。ひと切れずつオオカミたちにも放ってやる。

その後は、待ちくたびれたオオカミたちとの饗宴になった。イヌイットも三頭も、食べられるだけ腹に詰め込む。こんな大物を倒す幸運など、もうやって来はしないだろう。すっかり活力を取り戻して、一行は旅を続けた。

翌々日、ついに町が近いことがわかる場所までやってきていた。町に接するようにして、こぢんまりとしたツンドラの森が広がっているのだ。その森がいま、彼方に濃い深緑の影を見せていた。もともと森を切り拓いての開拓の町だったから、三方を森に囲まれる形になっているのだった。

あと半日も歩けば家に戻れる。爆発的な喜びと安堵がこみあげてくる。よく生きて帰ってきた、とイヌイットは自分を褒め称えたい気分だった。荒れることのなかった天気やら、肌身離さないでおいた銃とナイフやら、そしてオオカミやら、さまざまなものに助けられた。それでもそれとは別に、失った犬たちのことは頭から離れようとしない。これからもずっとこびついていることだろう。オオカミに目をやるたびに、犬のことが思われてしまうのだった。イヌイットの中には、犬をほとんど道具としかみなさない酷薄な者もいる。ただし利発な犬の搾取に徹すると、全く懐かず逆に扱いづらくなるため、必然的に歯止めはあるわけだが。そして、当のイヌイットはそのようなタイプではなかった。犬たちを家族のように受け入れ、日々細かく気を配っていたのだ。それだけに、財産を失ったという以上の痛手が彼を苦しめ続ける。

午後には森の縁までたどり着いた。イヌイットは三頭の道連れをどうすべきか、しばらく前から思いあぐねていた。一般にイヌイットたちにとってオオカミは、隙を見て橇犬を餌食にする極悪の存在なのだ。町に連れて行ったなら、有無を言わせず袋叩きにあってしまうことは避けられない。家族さえ揃って眉をひそめるに違いない。とてもかばいきれないだろう。

そうか、森だ。町に入れずにツンドラの森に止め置くのだ。ここはオオカミの大きな集団が暮らすには狭すぎる、が三頭だけであれば、ウサギや野ネズミを獲って生き延びられるかもしれない。

一行は針葉樹の森の中へと踏み入った。一五分ほどもあればここを抜け、その先に町が見えるだろう。イヌイットは森のちょうど真ん中あたりで荷を下ろし、シロクマの肉をすべてそこに置いた。オオカミたちは神妙な顔つきで、肉とイヌイットを交互に見つめている。たらふく食べな、と言いおいてイヌイットはその場を離れた。さっそくご馳走にかぶりつくのに余念がない〝大食らい〟を横目に、〝雪毛〟と〝鼻でか〟がすかさず後を追ってこようという姿勢になったのを見て、イヌイットは右手を振り回し大声を上げて威嚇した。それでも〝雪毛〟がついてこようとするのを、ひとしきりライフルの銃座で殴りつける真似をして寄せつけないようにする。オオカミたちは、この新たなリーダーが狂ってしまったと思ったかもしれないが、何としても他の人間に不用意に近づくようなことがあってはいけない。イヌイットはダメ押しとばかりに銃に弾をこめ、一発を三頭のすぐ足元に撃ち込んだ。三頭は驚いて肉塊のそばから跳び退き、やってきた方向へと数メートル避難した。そして呆然と立ち尽くしてイヌイットを見つめた。そこへもう一発を放った。本気で身の危険を感じたのだろうオオカミたちは、今度は散り散りになって二〇メートルほども逃げ去った。そこでイヌイットの方を振り返り、ぼんやりと見つめた。その目には怯えと当惑が走り、かすかな不信の色が浮かんだと思えた。

すまん。許せよ。そして絶対に町に入ってくるんじゃないぞ。

銃とヘラジカの毛皮だけを肩に、イヌイットはきつく口を結び、二度と後を振り返ることなく、足早に歩いて森を抜け出た。すぐ先に、幼い頃から馴染んだ町が見えてきた。

（了）

ビースト・クラッシュ

ウガシュコックと格下のお仲間のディアンイのやつの操るのが、獰猛なfangsって連中だ。目も鼻も耳もなし。無数の牙と消化器官と生殖器だけでできてる。究極のヴァストビーストどもだ。「どんな恐ろしげな相手も倒せる、矛《ほこ》のような者どもよ」なあんて、あのマッチョで高飛車なシヨーヴィニストは悦に入る。凶暴を絵に描いたって群れを眺め渡して目を細めるとき、あいつの脳みそにはどぼとぼとオキシトシンが溢れるんだろうよ。fangsのほうといったら四六時中アドレナリンまみれだろうけどな。

fangsはサイズでいえばどうってことはない。せいぜいクズリくらいのもんさ。だが後足はカンガルーなみに発達してて、どんなでかい相手にも跳びついて食らいつく。それにだ、牙は折れても、後ろに埋まっているスペアがすぐさま立ち上がるときた。空恐ろしい仕組だろ？　おまけにいったい何頭いるのか、数えきれねえ。合衆国大統領就任式のときの議会議事堂前広場のありさまを思い浮かべりゃいい。これじゃあ、まとめて差し向けられたらだ、誰だって食い散らされて一巻の終わりさな、確かに。だがこいつらの扱いは酷だ。戦う意欲と力を落とさねえように、餌はわざと少なめにして、群れの中に放り込む。奪い合いがちょっとした喧嘩トレーニングになるってわけだ。そのつど何頭かは事故で命を落とすことになるが、淘汰の掟ってもの。で、飯の修羅場が終わると今度はあっちこっちで交尾が始まる。割合は低いがメスもわざと混ぜこんであるんだ。で、またまた喧嘩に勝てばメスが手に入るって寸法。仲間の数を増やせっていう、連中の強迫衝動は変わらねえからな。

そのfangsどもに対抗できるのは、マッシヴビーストgulpだけだ。こいつはゴウチュクとアレウシポロン、それに腰巾着のキパンタスが共同で操る。fangsと同じで目も耳も鼻も備えてない。人民大会堂か、っていうくらいの体が備えているのは、天安門みてえな口。で、何もかも片っ端から丸呑みにしちまう貪欲さだけだ。「どれだけ暴れまわる相手もただちに無力化できる、盾のような者よ」とドグマティストのゴウチュクどもは勝ち誇る。やっぱりマッチョで捻くれてるこいつらもgulpの扱いは同じで、大口開けて待ってるこのいい子らにやる餌は、一日おきか三日おきか、ともかく不定期にして、量もシカのたぐい一〇頭だったり、サル三頭だったりする。何でかわかるよな？　口に入るときに入るものを何だろうと目一杯詰め込む習慣づけさ。こうしてgulpにも、できるだけ食ってでかくなりたいって衝動を根づかせたんだ。

さあ、二つの陣営が激突したらどうなるか。まさに壊滅的な事態ってやつだ。お互い肩怒らしあってても、それはさすがにわかって胸に呑みこんでるんで、互いにへたに身動きが取れない。

だがな、変化ってやつは必ず不意打ちみてえにやってきて、状況を突き動かす。きっかけは餌だったよ。餌になるけものが獲り尽くされちまったんだ。なんせべらぼうな量がいるからな。さもなきゃ餌たち、どこまでも散り散りに逃げちまったか。

空腹がまるきり満たされなくなったfangsもgulpも、暴走を始める。餌の切れ目が縁の切れ目、ってやつさ。何が起こったか見当がつくだろ？ fangsは三重の丸太の檻を咬み壊して、土石流みてえに外に出た。そしてパニクって右往左往する飼い主たちを、遠慮会釈なしに咬み裂いて食っちまった。gulpのほうは、胴体を支える四〇本の短い脚の鎖を一気に引きちぎって歩き出し、すくみあがってフリーズした飼い主どもをひと呑みにしちまった。

fangsはもっと数を増やそうとするし、gulpはもっとでかくなろうとするわけだ。餌になるけものは影も形もなし。さあどうする？ 互いのエネルギーを軒並み頂こうって全面激突しかねえよ、当然な。

そしてとんでもねえ死闘が火蓋を切った。

fangsはgulpの脇腹に、鈴なりに食いついてぶら下がる。尻尾にも数十頭だ。そいつらを身震いでもって払い落とし振い落とし、立て続けに丸呑みにしていく。そのうち、あれほど莫大だったfangsの数はさすがにまばらになってくるし、gulpの血まみれの横っ腹は酒樽みてえに膨れていく。

とっぷりと日が暮れたころになって、決着はついたな。相手を残らず呑みこみきったgulpの、消化時間が始まったんだ。その腹ときたら、気球みてえに真ん丸になっちまってた。gulpは三二本の脚――あとの八本は咬み折られた――をのろのろと畳んで腹ばいになると、くつろぎだした。でもしばらくそうしてたかと思ったら、今度は口を開け始めたじゃねえか。口はしまいに洞穴みてえに開ききった。そしてそこから、超ド級のげっぷを一つ、たっぷり五分ばかりもかけて吐き出した。

　で、そのまま地にがくんと顎を落として、ゼリーみてえに痙攣しながら死んじまったよ。消化不良から腸閉塞を起こしたんだ。さすがに、食った量が多すぎたもんで吐き戻せなかったんだな。ぎりぎりを踏み越えちまったわけだ。過ぎたるは何とかって言うだろ。

　密かにとばっちりを食った者たちもいた。そのげっぷが一帯を越えてじわじわと拡散していって、じき穴ぼこなんかに身を潜めていたけものたちも死なせていくことになるんだ。中毒死だな。せっかく史上最大の決戦が済んでやれやれと思ったろうに、迷惑千万な話よな。


　さてと。これでしまいならまあ、予定調和の世界さ。だけどおまけの仰天話がある。ここからが本題ってくらいだ。じつは、その中毒をしぶとく生き延びた、ごく僅かな者たちがいたんだ。いったいどこの誰だと思う？　いいや、とりあえずおれじゃねえ。おれの話はまた後だ。――ホモ・サピエンス、あんたらの祖先だよ。やがてそのサピエンスが、世界を仕切っていくことになる。だけど、中毒性の歪みってやつがその世界のそっちこっちにできるのも道理だろ。

　最初は、別のエリアにいた先輩のネアンデルタール人と共存してた。が、サピエンスは犬を飼うことを思いついたんだな。慣らせば猟犬にも番犬にもなるもんで、言ってみれば暮しの効率がぐんと上がる。だけど古のあの忌わしい教訓は、集団の記憶に染みついていた。得意満面の飼い主連中が、子飼いの獰猛なけものに始末されたっていう、あれさ。だからサピエンスたちは、間違ってもあるじを牙にかけたりしねえよう、犬はよくよく工夫して飼い慣らしていった。犬は期待どおりの働きをしたさ。で、そうなると今度は、ネアンデルタール人たちに差をつけることもできる。猟の仕方のまずさだの、すみかの守りの手薄さだので、ネアンデルタール人はじりじりと駆逐されていくわけだ。サピエンスの天下がやってくる。ところがサピエンスは、ひたすら忠実でおとなしい番犬には飽き足らなくなってきた。かといってfangsなみの獰猛ぶりにしちまっちゃ元も子もねえ。真逆に行って、犬は猫かわいがりする相手にしとく。そして別口で専門の武器を発明した。石斧。弩《おおゆみ》。槍。刀剣。銃。途中すっ飛ばして今は、多弾頭核ミサイル原潜だの拡張版イージス弾道ミサイル防衛システムだのって「進化」中なわけだ……何かこう、滅んだマッチョどもの夢の気配がしねえか？　サピエンスはこそこそ隠れて暮らしてたくちだが、遠巻きにマッチョどもに憧れてたのかもしれねえぜ。

え？　見てきたようなことを言うおまえは誰だって？　まあそうさな、歴史スパイラルのモニタ野郎、とでも思ってくれりゃいいさ。

歴史ってやつはな、斜めになったらせん状に動いてくんだ。ただし、上向きか下向きかはわからねえぞ。どっかでよじれちまってるかもしれねえしよ。せいぜい気をつけるんだな。……え、どうやってだ？——そいつは自分で考えるこったな。

（了）

ヴァーチュアルマジロのいた空間

「何でこう、あたりが真っ白でバーチャルっぽいんだ？　出来損ないの『マトリックス』かって」

「新人監督かもね」

二人がぼやきながらも進んでいくと、純白の道の真ん中に、小ぶりの立方体が一つ転がっていた。やっぱり純白の、片手で持ち上げられそうなくらいのサイズ。男がかがんで手を当ててみると、生温かい。

「何だろ、これ」

「これ以上進むなっていうメーセージじゃない？」

「どうして」

「だって、いやに角がとんがってるし」

「行くとこまで行け、っていうお告げかもな。逆に」

「何とも言えないわね」

「とりあえず無視か」

「でもこんなど真ん中にあるなんて、意味ありげじゃない？」

「それにしてもきみの守護霊のメッセージって、何でこんなにわかりづらいんだ？」

「アンテナがちゃんとしてないのよ。受信不安定。ゆうべ飲みすぎちゃったもの」

「そりゃ毎度のことだろ」

女はそれにはかまわず、

「それと、試してる可能性もあるわよね。信じる心がしっかりしてたら、もっとはっきりしたものを送ってくれるのかも」

「何のために試すんだ？　信じたら霊の気分がいいってか」

そのとたん、純白の立方体が身じろぎを始め、いっときがくんがくんやっていたと思うと、ほどけて一匹のけものになる。

「なんか、アルマジロ系の動物みたい」

「当たり。だからその、アルマジロなんだ」と小さいけものは主張する。「ヴァーチュアルマジロって種類だけど」

「センザンコウじゃなくて？」

「じゃなくて」

「ふつう丸いよね。アルマジロって」と二人は顔を見合わせる。

「丸かったら、転がっていっちゃうじゃないのさ」

そう、ここはけっこう急な坂の途中。どうやら坂だけでできてる世界らしい。二人は気がつくと、こんなところに置き去りにされていたのだ。ずいぶんといきなりな話。まあ、人生そのものだって似たようなものだが。で、とりあえず上に行ってみたほうがいいことがありそうだっていう直感で、だらだらと登っている最中。何が見えるのかはわからないものの、上なら少なくとも眺望はきくだろうし、下にいるより気分はいいはず。たぶん。

相手は出し抜けに妙なことを言い出す。

「ねぇ。ちょこっと、肌寒いよね」

「だったら何だよ。セーターでも着せろってか」

「ねえ。ぼくがくしゃみしたら、どうなると思う?」

「鼻水でも出るのか」

アルマジロはさして気を悪くしたふうでもなく告げる。

「シティバンクの預金ていう預金が消えるんだよ。まるごと全部」

「おい。こいつをタオルでぐるぐる巻きにしとくか」と男は女に向かって言う。「シティバンクに五万ドル入れてあるんだ」

「ねぇ。もしかしたらほんとかもしれないじゃない」

「賭けるか? おれは利子がちょこっと増えてるほうに賭けるぜ」男はそう言うと、ポケットティシュを取り出し、紙こよりを一本作った。女は興味深げに眺めている。アルマジロも下から見上げている。男はしゃがみこむと、こよりでもってアルマジロの鼻先をくすぐる。

「あ。やめて。……くっしゅん」

あたりがいっとき、静まり返った。

「あー。これでおれの五万ドルがパーになったってわけだな。ご愁傷様」言いながらスマホを取り出して、シティバンク本店に電話する。

ツーッ。ツーッ。ツーッ。

「話し中だ。回線が混み合ってるぞ」

男の顔を不安の影がよぎる。

「もう一回かけてみたら？」

かけ直すと今度は、自動メッセージに切り替わったらしい。

「なんか、トラブってるみたいだ。システム上の不具合発生、ときた。あとでかけ直せってよ」

あたりは静まり返る。

「ぼくさっき、言ったよね」とアルマジロ。

「どうやらアルマジロくんの勝ちみたいね。でもアルマジロくん、何も賭けてなかったね」

「ぼく、おっきな蟻塚がいいな。一個だけでいいんだけど」

「今ごろ言ってもだめよ」

「おい」男のこめかみに血管が浮いている。「元に戻せ。おれの五千ドル」

「五万じゃなかったの？」と女。

「やかましい。いいからさっさと元通りにするんだ。もういっぺんくしゃみしたら戻るのか？」

「元通りになんかならないよ」とアルマジロ。

「じゃ、なんか埋め合わせになるようなことをしろ」

「埋め合わせって？」とアルマジロ。

「たとえばだ、アメックスの口座にさっきの金がそっくり振り込まれるとか」

「無理だよ。ぼくの力はね、みんながそうならないようにって思う方向で働くんだから。だからアメックスのも、残高ゼロにするんだったらできるよ。あくびを一回したら」

「……この疫病神野郎」

「へたにいじんないほうがいいみたい。アルマジロくん、ゆうべはちゃんと眠れたの？」

「いちおう」

「じゃとりあえずよかった。絶対あくびなんかしないでね」

「でもさ。げっぷしたらどうなると思う？」と、思わせぶりに畳みかけるアルマジロ。「さっきお昼寝する前に、ちょっと食べすぎちゃったかも」

「聞きたくねえや」

「体重が一〇〇キロを超えちゃう。みんなね」とアルマジロは告げる。

「みんなって、あたしたちも？」

「そう。全員残らず」

「……そりゃけっこうなこった。当面飢える心配がなくなるわけだ」

「その代り、みんな糖尿病で痛風で関節炎になるんだけど」

「ひでえな。まあ死ななきゃいいってか」

「それから肝硬変で心筋梗塞で、そのうち脳溢血ね」

二人は黙ってため息をつく。

「ねえ、アルマジロくん」女が話しかける。「この坂登りきったら何があるの？」

「でっかい者たちが争ってるよ」

とたんに二人に濃い不安が兆す。

「何だよ、でかぶつって」

「ゾウ一族とサイ一族のいがみあい」

「何だそりゃ」

「黄金の牙のゾウたちと、黄金の角のサイたちのけんか。あ、体はどっちも真っ白だけど」

「豪勢だな」と男。

「にしても、どうして争ってるわけ？」と女。

「牙と角のどっちが価値があるかって、やりあってるんだ」

「はあ。何でまたそいつら、揃って坂の上にいるんだ？」と男。

「牙も角も密猟者に狙われてるから、避難してるんだよ。見晴らしのいいとこにさ」

「難民てやつね」

「ずいぶんゴージャスな難民だな。それでもすったもんだにはなっちまうわけだ」

不意にアルマジロが黙り込んだかと思うと、

「ひっく」

「どうしたよ」

「ひっくしゃっく」

しゃっくりが始まる。

「あんまりお喋りしてるとこうなるし」と本人の説明。「あのさ、どいたほうがいいよ」

言うなりアルマジロは、道のきわぎりぎりまでにじり寄る。

ほどなく、坂の上から地響きが届いてくる。

「何だありゃ」

白い土煙が立ち昇り始めた。その中を、何かの大群がこちらめがけて転がってくる。

「ぼくのしゃっくりで、一斉に丸くなっちゃったんだ」

「な、何が」

「ゾウたちとサイたちみんな」

「げっ」

次から次と純白のばかでかい球が突進してくるので、二人はぶっ飛ばされないよう飛び退いたり、押しつぶされないよう身をかわしたり。悪態をつく暇もなし。

「道を外れてちょっとひと休み、とかムリ」とアルマジロ。じっさい、道の脇にのけようとしても、ぶわぶわした見えないバリアにやんわりと弾き返されるのだ。

カップルのみっともないダンスを眺めていたアルマジロは、くすくす笑い出す。笑いはけいれんめいて止まらなくなってしまう。しゃっくりがその間にはさまり、しまいには息が詰まるほど、笑いとしゃっくりが押し寄せるありさまに。

「ふふ、ふふ、ひっくしゃっく。まずいね、これって。くっふふ」

「何がだよ」

「くふ。しゃっくりで起きることが、永久に固定されちゃうんだ。ひっくしゃっく。笑いが止まらないと。ふふふふ」

「何だって」

アルマジロは笑い転げながら、本格的な球体に丸まってしまう。丸まったと思ったら、でかぶつたちの後を追って坂道を転がっていってしまう。当然のことながら。二人はそれを呆然と見送る。

「あいつ、まん丸になっちまったぞ」

「それでふつうでしょ。アルマジロって」

ほどなく、立ち尽くしていた二人もビーチボール状に変身してしまう。そしてアルマジロ球を追ってのろのろと転がり出す。あたりはがらんとして人影ひとつなし。

と、目の痛むほど純白に輝いていた道も、くるくると絨毯みたいに巻かれ、丸まってしまう。球形になった道には始めも終わりもなし。やがて、ありとあらゆる球体たちがその上で、無限回のぐるぐる巡りを始めることになる。


（終）

ワニの王国

ニューヨークの地下は、ワニの王国になってるってことだ。

ワニを飼うのはすごくはやることもないし、ぜんぜん廃れるってこともない。それほど多くもそれほど少なくもない決まった数のワニ・フリークたちが、ワニの仔をペットショップで買い込んで、育て始める。

ワニの仔を買うときにはきっと、人目を忍ぶって感じになる。仔ワニ目当ての客であるその三十歳ほどの年格好の男は、黒いジャンパーを着ている。店に入ってくると、最初はワニの仔なんか考えてもみない、って様子で、店の中をぶらぶらひとめぐりする。檻の中でテリアの仔が床をひっかいてるのを眺めてみたり、ポールにつながれたポケットモンキーに指先を差し出してみたり、一人遊びをしているダルマインコの籠をそっと覗き込んでみたり。最後に男は、鯉くらいのサイズのワニの仔がじっとかたまってる浅い水槽の前に、ふと思いついたみたいに足を止める。のろのろと中年の店主がやって来る（彼には、ワニ目当ての客はとっくに見当がついている。年季ってやつだ）。

「こいつは、アリゲーターかい。それとも、クロコダイル？」

「アリゲーターですよ。ミシシッピワニの仔です。しかも獲れたて」

「かみつくのかな」

「かみつきゃしません。飼い主にはね。おとなしいもんです」

男は感心したように、腕組みをしてまじまじと眺める。

「……じゃ、まあ一匹もらおうかな」

こんなふうに獲れたてのワニの仔を手に入れた男は、細長いアクリルの水槽ごと、家庭菜園用のプランターか何かに見えるように包んでもらうと、アパートに持って帰る。

最初は新婚の頃みたいに浮き浮きする日々だ。仕事から帰ると、さみしい冷え切った部屋にはちゃんとワニが待っている！

「よしよし」男はおみやげのチキンを、油の沁み出した紙袋から取り出しながら、声をかける。「元気だったか、リック（またはキャティ）？」

けれどワニの仔っていうのは、窓辺のミニ菜園でニンジンを育てるみたいな調子で、どんどん大きくなる。じき最初の水槽じゃ間に合わなくなる。新しい、小型冷蔵庫を横倒しにしたくらいの水槽に引っ越し。それでも、寝てるあいだにもめきめき大きくなっていく。店のおやじはそんなこと、ぜんぜん言わなかった！　夜になると、男はうなされるようになる。いつかリック（またはキャティ）のやつ、飼い主を餌と間違える日が来やしないか。朝になったら、あいつの腹の中にいるなんてこと……

男は無邪気なワニを抱え込み――それはもうたっぷり、男の背丈の半分を越えている――、よろよろと風呂場の浴槽に移す。最後の引っ越し先だ。

とうとうその日がやってくる。鼻先が、浴槽の縁にこつんこつんつっかえるようになったのだ。しまいに、からだを二つに折り曲げなくちゃいられなくなるだろう。

思い余った男は、ペットショップに電話をかける。

「あの」と咳払いをして、「前に買ったワニなんだけどね」

「大きくなったでしょうな」

「なりすぎなんだ」と沈痛な声。

「まさか、いつまでも小っさいままだと思ってたわけじゃないでしょうな。鯉みたいなままだなんて?」

「どれくらいになるんだい、結局」

「三メートルきっかりってとこですね。盛大なもんです」

男は受話器を握ったまま、ため息をつく。

「ま、今度はヨウスコウワニをお飼いなさいよ。あれなら大ぶりの鱒くらいにしかならない。もっとも、なかなか入荷しないんですがね。中国産なものだから」

「問題は、うちのやつのことなんだ」と男は腹を立てる。

「で、今は?」

「風呂場を占領してるよ。どこかで、その、引き取ってくれないかな」

「道は三つありますがね」相手は面倒くさげに言う。「一つは、ええと、近くにハンバーガー屋がありますな？」

「ハンバーガー屋？……ああ、一軒」

「そこに持ってくんです。トランクに詰めて」

男は沈黙する。

「でなけりゃ、電話帳で革細工の工場を探すんですな。ハンドバッグにベルトなんかの」

男はやっぱり黙っている。

「最後の道は、ミシシッピ川に連れていくことです。人目につかないように気をつけてね。そこで放してやる」

ミシシッピ。まるで外国みたいに遠い。やっとありついてる仕事は、一日だって休むわけにはいかない。中米からの移民にすぐかすめ取られてしまう。そりゃハンバーガー屋は近いけれど、とても無理ってもの。革細工屋だって同じ。

「動物園はどうかな」思いついた男は、希望をこめて訊ねる。

「ワニで溢れ返ってますよ、あすこは。カバと一緒にしてるくらいです。引き取っちゃくれません」

男は三日間、カメみたいに思い悩む。風呂場のドア越しに、リック（またはキャティ）が前脚で、バスタブを傷つけないようそっと餌の催促をする気配。もう浴槽をはみ出してるのだ。早いとこどうにかしなくちゃ。

決心がついた。男はそっと風呂場に入り、最後の餌をたらふく食べさせる。滑らかなおなかのあたりが、フットボールなみに膨れるまで。すっかり幸せな気分になったワニが、からだをぐっと浴槽に沈めると、水が洪水みたいにふちから溢れ出した。

さて、夜更け、男は気持よく寝ていたワニをなだめなだめ、浴槽から引っぱり出し、薄い毛布にくるみ込む。で、ドアを細く開けて外の様子をうかがい、それから毛布をかついで外に出る。夜の遅い隣の奥さんに出くわさなきゃいいが。階段をやっとの思いで降り、駐車場へ。

冷やひやドライブも、もうベイブリッジが近い。無数のマンホールを舗道に見かけながら過ぎた。しまいには目に濃灰色の丸が焼きついたくらいだ。けれどいつだって近くに人影が見えて、都合が悪い。

あった。おあつらえ向きのやつが、あたりに誰も人のいないやつが、地獄の扉みたいに静まり返って、青白い街灯に光って。男は車を停めて、手早くトランクからリック（またはキャティ）を引きずり出す。

バールでもってマンホールの蓋を開けると、地の底の暗みから、湿っぽい冷たい風が吹き上げて顔を撫でる。

「ごめんな」男は後ろめたい思いに首根っこをつかまえられながら、謝る。「もう、一緒に暮らせなくなったんだ」

ワニは答えない。おやつのチキン・ソーセージでもくれるのかと思って、遠慮がちに口を開けてみたりする。男は最後のキスをびくびくもので鼻面にしてやり、ちょっと涙ぐみながら、思いきって、ワニを頭から下水道に押し込む。まっさかさま。

「さいなら。元気でな」

さて、いきなりひんやりする穴ぼこに放り込まれたリック（またはキャティ）はひとりで、生きる道を探さなくちゃならない。うまいぐあいに食べ物が見つかるといいけれど。

ようやく目が慣れてくると、向こうで暗がりに動く影がある。自分よりうんとでかい。けれど、怖いもの知らずのこの元ペットは、さみしさも手伝って、のろのろとそっちへ向かって進んでいく。

「おや、また来たか」

相手もおんなじワニだった。ここの王様だと名乗ると、気さくにワニ語で説明してくれる。

「きみは、捨てられたんだ」

「まさか、そんな」呆然とするリック（ここでリックと決定）。

「だが、心配しなさんな。ここで暮せないことはない」

新入りはあまりのことに、出そうにも元気が出ない。

王様は、黒いぼろのかたまりみたいなものを、鼻先で押してよこす。

「これ、何ですか」訊ねながら、リックは、おそるおそる口に入れてみる。「ぺっぺっ。あんまりおいしくないな。すすくさくて」

「ねずみというものだ」王様は重々しく教えてやる。「それがおもな食べ物になる。慣れなくちゃならんよ。それにここには、きみみたいな境遇の仲間が、うんといる」

見渡してみると、なるほどあっちにもこっちにも、むくむく身じろぎする低い影が。

「ここから、出られないんですか？」

「出られるとも。ハンバーガー屋かハンドバッグ工場に行きたければ」

王様はこんなふうに、途方に暮れたこの新入りワニの面倒をいろいろと見てやる。どぶねずみの獲り方さえわかったら、あとはとにかく、どうにかやっていけるんだから。

「なあ若者よ」王様はこの新入りに、改まった口調で語りかける。「おまえさんはいずれワニのモーゼとなって、約束の地、ミシシッピの岸辺の日溜まりへと皆を導いていくじゃろう」

リックは面食らう。

「ぼくが？」

「そうだ。わしはすっかり衰えてしまった。おまえさんこそがいつの日か、大脱出行を成功させるのだ」

その一大パレードがものものしく始まったなら、ちょっと近寄りがたいほどの壮観ぶりだろう。ニューヨーカーたちは大混乱に陥るに違いない。

「このぼくが……」

リックは、華々しい情景を思い描いて絶句してしまう。ワニっていうのは、意外と引っ込み思案なのだ。

新入りがやってくるたびに預言めいた声をかけるのは、王様の厳粛な慣習なのだった。


（終）

（月刊ＭＯＥ収載）

好ましくない趣味

見上げるほどばかでかい木箱の中から、助けを呼ぶ声が聞えてくる。ぐるりを一回りしてみると、戸口がない。まさしくただの箱。

おそるおそる、箱の外側を平手で叩いてみる。と、中で何かが落ちてごしゃんと割れる、鈍い音が。それから、こんな叫びが返ってくる。

「ああう。叩かないでってば。外に誰かいるのかい」

「いるよ。中にいるのは誰？」

「ぼく、ゾウなんだけど。閉じ込められちゃってる」

よくよく見ると、箱はトランプのお城なみの造り。中の住人がその気になれば、三秒でこっぱみじんになってしまう、即製のベニヤ板仕立てだ。

「でも正確に言うと、入れてもらったんだけどね。自業自得ってやつ」

こっちは少々面食らう。

「にしても、どうやって中へ？」

「ああ。上からかぶせてもらったんだ。箱をまるごと」

「いったい何だってまた」

「そのほうが落ち着くからね。まったりと没頭できて」

「何だかよくわからないけど、とりあえず壊せばいいのに。鼻でも振ってさ」

するとと中から、こんな呻きが。

「まわりじゅうが、全部瀬戸物の棚なんだ。くしゃみしただけで、三つも四つも落っこちちゃう」

「とにかくベニヤの壁、押し割れないわけ？」

するとすぐさま、がしゃがしゃと陶器の壊れる音がした。

「いやんなっちゃう。〝ノー〟って意味で首を振っただけだのに」

「しょうがないよ。いくつか割れたって。とにかく壁を壊してさ、いったん出てきたら」と提案してみる。

すると、低い唸りとともに、またまた割れ物の割れる音。

「ため息ついただけでこれだ」

「いったい何でまた、出られないんだい？」

相手はおもむろに答えた。

「ぼく、陶器のコレクターなんだよ。特に古伊万里が専門」


（終）

蛇には肝も心臓もない、と山犬は言った

蛇はこの世のものではない。何しろ肝も心臓もないのだから。――この奇妙な思いなしは、山犬の幼犬時代から身に染みついたものだった。蛇というものはわれらと別様の世界の存在、決して関わってはいかんぞ、というのが親たちの、体罰を伴った戒めだったのだ。

そのあたりは蛇に好都合な条件が揃っており、体長二メートルになんなんとするものが珍しくない場所柄だ。

そのこの世のものではないものに、一匹とはいえまだ目の開かない仔を呑まれるとは、納得がいかなかった。以来、音もなく地を這うその姿は、禍《わざわい》をもたらす兆そのもの、と思われてならなくなった。山犬は自ら戒めを解き、怒りに任せて片端から蛇退治を始めた。ほどなく仲間内では、蛇殺しというあだ名がつくほどになる。見つけしだい背後に回り込んで首根っこを押さえ、頭の激烈なひと咬みで引導を渡してしまうのだ。ただし、常に山犬が機先を制するとは限らない。蛇が後ろを振り向きざま、山犬の鼻面に毒牙をおみまいすることもある。一撃を食らうと、血泡を吹いて半日ばかりは苦しまなくてはならない。毒の回り方が悪ければ死に至る危険すらあるが、執念のほうがまさり、山犬が蛇狩りをやめることはなかった。

山犬は餓死寸前でもなければ、殺した憎い蛇を食うことなど考えてもみなかった。

ところが、意外と早く窮乏の時がやってきた。飢饉が村を襲い、百姓たちは里山に入って、木の実も兎も猪も、食えるものは全て根こそぎにしていった。口に入るものは何だろうと食わなければ次がない、という状況に山犬もまた陥った。やむなく、殺した蛇を咬み割いて食うはめになった。そしてその腹に、小ぶりながら肝も心臓も備わっているのを見出した。蛇はこの世のものだったのだ。

災厄が訪れた。翌年以降、生き残った仔らが、次々にイヌワシらの猛禽類にさらわれるようになったのだ。仔はすでに親の半ばほどの大きさになっていたので、さらわれきれずに中空の高みから落ち、その後足腰の立たなくなった仔もいた。あたり一帯の蛇が山犬に殺されて、猛禽類の巣の卵が蛇に食われることがなくなり、猛禽類の天国が現出したのだ。さらに、蛇に捕えられることのなくなった野鼠が雨後の筍さながらに繁殖し、ワイル病、やがては腺ペストを広範囲にもたらす羽目になった。山に暮らすけものたちが相次いで倒れ伏していった。

仔をことごとく失ったうえに、感染症でいったんは瀕死の状態に追い込まれた山犬は、誰彼なく説くようになった。——蛇には肝も心臓もない。この世のものではないものに、厳に手を出してはいけない、と。


（了）

招かれて

ヒョウがじろりと、血も凍るような一瞥をくれたので、ツチブタは思わずこう説明しました。

「あの。お昼にここに来いって言われて」

「ふん。そうか」

入口の向こうに腹ばいになっているのは、まだ若い感じの、たいして大柄でもないヒョウでした。とはいえ、ヒョウはヒョウです。気が向いたならいつだって、ツチブタなんかぼろきれみたいに引き裂いてしまえるのです。

（ひょっとしてぼく、まちがったとこに来ちゃったんだろうか）

だってここにいるのは、天敵のヒョウが一匹。今のところすぐ食べられてしまう気配はなさそうなのですが、いつそんなことになるかわかりません。何しろヒョウというけものの気紛れぶりときたら。

「ま、入れよ」ヒョウが、わりと機嫌のいいときの声を出しました。「おれも招《よ》ばれてんだ」

ツチブタは慌てて言いました。

「あ。ぼくちょっと、用事を思い出しちゃって。またあとで、来ることに、します」

「いいから入れってば。招ばれてるんだろ」

「ええ。まあ。そうみたい。でも、何か勘違いしたかもしれないんだ。ぼくって、よく勘違いするたちだから」と懸命に説明するツチブタ。

「黙って入れったら入るんだ。遠慮すんなよ」

少々機嫌をそこねたふうに言うヒョウ。ほんとに怒らしてしまったら、いきなり飛びかかってこないとも限りません。いえ、きっとそうに決まってます。ツチブタは目をつぶるようにして、中に入りました。すると背中で、樫の木のドアがバタンと閉まりました。

大人のゾウが一頭入ったらぱんぱんになるくらいの、真四角の部屋でした。壁には丸い掛け時計が一つ、かかっているきりです。時計の針は今、十一時五十分をさしています。ツチブタはここに、お昼きっかりに来るように言われていたのです。何かすてきなものが貰えるのかも、と期待して、十五分も早くやってきたのに。ああ。もっとうんと遅れてくればよかった。今度こんなことがあったら、三十分は遅く来ることにしよう、とツチブタは固く心に決めるのでした。

「もちっと待ってろよ。たぶん誰か来るだろ」とヒョウは、それほど熱心でもなくそれほど不親切でもない調子で言いました。それから腹ばいのまま、つやつやした両前足をなめました。

「だいぶん、待ってるんですかね」ツチブタはおそるおそる問いかけました。

ヒョウは退屈げにうなずきました。それだけで、会話はとぎれました。

「おめえ、名前はあるのか」

やぶからぼうにヒョウが訊ねました。ああ。いくらか時間が稼げそうです。とにかく、目の前にいるのがジューシーなツチブタだってことを、意識させちゃいけません。

「名前？　ないです。ぼくってただのつまらない、ツチブタだから」

「ふーん」とヒョウ。「じゃ、暇つぶしにつけるとしようや。どんなのがいいんだ？」

「ええと……何でも」ツチブタはいたって控えめに答えました。名前を貰ってどうなるのか、さっぱり見当もつきませんし。

「よし。それじゃ、ジョニーってのはどうだ」

ジョニー、とその名前を口の中で転がしてみると、どうもしっくりこない感じ。

「ツチブタのジョニー」と相手はフォークみたいな牙をぎらつかせて、くすくす笑いをしました。

「ちっとは気に入ったか？」

「ええ。まあ」

「正直に言えよ」

「何でもいいですから」

「あんまり気に食わんようだな。それじゃ、どん丸ってのはどうだ」

「どん丸……」

「おめえ、どんくさくて丸っこいからな。決まりだ」

「なるほど」とちょっと感心してツチブタはうなずきます。

「あーあ。何がなるほどだよ。ちっとは面白そうな顔しろやい」

けれど、ツチブタがまごついているうちにヒョウのほうは、この遊びにもう飽きてしまったらしく、大あくびをひとつしました。時刻は、十二時半を回ったところ。ツチブタは期待をこめてドアの方に目をやりますが、誰もやってくる気配はありません。

ツチブタは懸命に勧めてみました。

「あの。ヒョウさん。よかったら、ちょっと眠ったらどうかなと思って。退屈でしょ」

「昼寝か。ま、それもいいやな」

ツチブタはほっとして、何度もうなずきます。

「遠慮はいらん。寝な」

「え。あの、ぼくじゃなくって、ヒョウさんが」

「おれか？」ヒョウはすっとんきょうな声を出しました。「おれはいいや。なんか、目が冴えてな」

それからしばらくのあいだ、ツチブタはもじもじと上を向いたり、こっそりため息をついたりしていました。時間はまるで、熱いお湯の中に漬けられたときみたいにのろのろ動いていくだけ。名前をつけられたから、だいじょぶだ、とツチブタはじぶんを慰めてみました。だって、わざわざ名前をつけたばかりのものを、誰が食べたりするでしょうか。

でもすぐに、ツチブタの考えはぐらぐらしてきたのです。何しろヒョウというのは、いきなり考えを変えることがしょっちゅうなのです。でもまあ、今のところはだいじょぶなんだ、とツチブタは考えることにしました。とりあえず。

そのうち、ヒョウが目をつぶっているのに気がつきました。でも眠っているのではない証拠に、ときどき思い出したように、恐ろしいツメのついた前足をなめるのです。

ツチブタは不意にいいことを思いついて、話しかけました。

「あの。ヒョウさん。ぼくたち、友だちになれるかな」

目を閉じたままのヒョウは、少したってから、そっけなく言いました。

「無理だと思うな」

「ど、どうして」

「半時間ばかり前なら、なれたかもしれんが」

「い、今は？」

「今は、腹が減ってきた」

ツチブタの目の前は、とたんに真っ暗になりました。ごくんとつばを飲み込みます。その音が聞こえないといい、と願いながら。それから、これ以上余計なことを言うのはよそうと決心して、壁の時計に目をやりました。時刻はいつのまにか、きっかり二時。そろそろおやつの時間でした。

でももちろん、そんなことは口に出しません。ヒョウがおやつのことなんか、考えたりしないように。

「ふぁーあ」

相手が大あくびをしたので、ツチブタはどきんとして身を縮めました。そして、ヒョウの口の中でぎらんとひらめいた準備万端の牙を、見なかったことにしました。

（ああ。もうほんとに、早いとこ来てくれないかなぁ。ぼくを招いた人）

まるで、時間がじりじりと足踏みしているようです。

ツチブタのおしりのあたりは、もう熱っぽくなってきていました。一刻も早くここから抜け出したいのですが、ヒョウが許してくれそうにありません。涙がにじんで、壁の時計もぼやけてきました。

いつのまにか、時刻はだらだらと三時になりました。

「あの、ヒョウさん」

「何だ」

「ぼくたち、別の日にまた来てみたほうが、よかないですか」

「何でだ」

「だって、これだけ待っても誰も来ないし」

「いいから黙って待ってろって」

沈黙。ヒョウの声には、かすかに苛立った調子が混じってきています。

と、そのときです。ぎいい、とドアが開いて、ツチブタよりも一回り小さい影が現れました。

それは何かをもぐもぐやりながら、

「こんちは」

とそっけなく言うと、とことこ入ってきたのです。ハリネズミでした。ツチブタの目の前が、ぱっと明るくなりました。

「き……きみが、ぼくたちを招待したの？」

「ぼく、招ばれてきた。お昼に来てって」と相手は口を動かしながら答えます。

どうやら、ハリネズミもお客のよう。でもお昼どころかもう三時過ぎです。

「パーティは？」とどこまでもマイペースなとげとげの動物。

「パーティは始まってないし、どだいパーティだか何だかも、わかんないよ」とツチブタはこぼしました。するとハリネズミは、勝手に部屋の隅に行って、うずくまってしまいました。

ヒョウは前足の上に顎を乗せたまま、ツチブタとハリネズミのやりとりを眺めていました。どうやら、何の進展もないよう。

「おめえ、何食ってんだ」とヒョウがハリネズミに声をかけました。

「ハッカの葉っぱ」

「しけたもん、食ってやんな。やれやれ」

ツチブタは突然、すごいアイディアを思いつきました。でも、本当にうまくいくでしょうか。ずいぶん迷いましたが、思いきって話しかけました。

「あの。じゃんけんしません？」

「じゃんけんだ？」ヒョウは、少しばかり興味をひかれたようです。

「ぼくが勝ったら、ここから出て行くの」

「おめえが出ていく。ふむ。じゃ、おれが勝ったら？」

「ヒョウさんが勝ったら……」ツチブタは言いよどみました。

「勝ったら？」

「ぼくを食べちゃっていい」

ヒョウはいっとき、目を丸くしました。

「おめえを？　食っちまっていいだって？」

ツチブタはおどおどしながらもうなずきました。

「そいつはいい度胸だ。よし乗った」

ヒョウは愉快げに、ツメをかちかち鳴らしました。

「それじゃ、じゃんけん、ぽん」

二人は同時に前足を出しました。ヒョウはパーです。パーしか出せないんですから。ツチブタはチョキです。ひづめの先っぽが割れているのでチョキしか出せないんですから。

「あの。ぼくが勝ったみたい」

「おめえ、ふざけてんのかこら」と腰を上げかけるヒョウに、ツチブタは後ずさりします。

「でも、勝負するっていうから……」

すると相手はあっさり、こう言ったのです。

「ふん。まあいいや。おれの負けは負けだ。出てってもいいぜ」

ツチブタの目に涙が浮かびました。

「ほんとはいい人だったんだね、ヒョウさん。それじゃまたね」

ところが、ドアが開かないのです。鼻先でもって渾身の力を込めて押しても、きしきしいうだけ。なんだかオートロックみたいです。

「どこまでもとろくせえやつだ。ま、勝手に帰るなってことだろうな」とヒョウの冷ややかなコメント。「何のゲームだが知らんけどな」

ふと周りの壁に、いくつかの穴が空いているのにツチブタは気づきました。ヒョウが出られるほど大きいの（ただしうんと高いところに）、ハリネズミがぴったりはまりそうなやつ、ツチブタが耳さえなければ抜けられそうなやつ、エトセトラ。少し見上げたところには、ハリネズミならどうにか通り抜けられそうな穴がありました。もちろん手は届かないものの。ヒョウとハリネズミには今のところ何の関心もないようですが、ツチブタは必死でした。

「そうだ。いいこと思いついた」と顔を輝かせるツチブタ。

「言ってみな」とそっけなくヒョウ。

「あのさ、ヒョウさんが下に立って、その上にぼくが乗って、ぼくの背中にハリネズミくんが乗るの。そしたらぎりぎり、あの穴に届くんじゃないかと思って。そしてハリネズミくんが脱出したら、表から戸を開ける」

「ふふん。考えたな。やってみてもいいぜ。どうせヒマだからよ」

さて、ヒョウの上のツチブタの上のハリネズミは後足でもってうんとこさ背伸びをして、穴の縁に前足をかけました。しばらくがんばっていると、もぞもぞと胴体が穴に入り、お尻が見えなくなり、じきぽさりと外に落っこちた音がしました。

「やった！　頼むよハリネズミくん」

けれど、いくら待っても戸は開きません。なんと忘れっぽいハリネズミは、一目散におうちに帰ってしまったのでしょう。

「やれやれ。あのとんちきときたら。くたびれ儲けだったな。ますます腹が減っただけ、とき
た」というヒョウのコメント。

ツチブタの額を冷や汗がひとすじ、伝います。

と、今度は反対側の壁に、いちばん大きなやつが目に入りました。ヒョウの図体だってらくら
く抜けられるサイズです。でもその穴は、首を直角に曲げて見上げるほど上のほうにあるので、

「ねえ、ヒョウさん」

「ああ？」

「ヒョウさんて、ジャンプ力がすごいでしょ」

「ふふん。まあな」

「あそこの穴まで、思いきりジャンプしたら届かない？」

ヒョウはあまり気乗りのしない様子でちらりと当の穴を見上げ、

「跳べねえことはねえな、たぶんな」と言いました。

「やってみて！」とツチブタはほとんど絶叫しました。

「だがよ」とあくまでも落着き払うヒョウ。「あれだけ跳ぶったら、けっこうなエネルギーがい
るさな」

ツチブタは瞬時に、そのエネルギー源が何なのか理解しました。額にふたすじばかり、冷や汗
が流れます。

「じ、じゃあこの案はなしってことで」と弱々しくつぶやくツチブタ。

と、そのときです。あらためてあたりをきょどきょど見回したツチブタは、ふと床に目を落としました。そう、四方は木ですが、床はむきだしの地べただったのです。

掘るのはお手のものでした。敵から身を隠すために、手早く居心地のいい穴を掘ったものです。ここは掘って掘って掘りまくって、外につながるトンネルを。床は踏み固められていてちょっぴり固いわけですが、そんなことを言っている場合じゃありません。ツチブタはさっそく、ヒョウに案を説明しました。

「ご苦労なこったな。いいだろ。やってみな」

ツチブタはすぐさま作業に取りかかり、死に物狂いで掘り進めました。かぎづめが半分に擦り減ってしまうような勢い。腹ばいのままのヒョウがつまらなそうに眺めているうち、ほどなくツチブタのお尻はトンネルの中に見えなくなり、しばらくすると、

「ひゃっほー」

という高らかな雄叫び——めったなことでは上げませんが——が聞こえました。ツチブタ・トンネルが開通して、とうとう外に出られたのです。ツチブタは安堵に涙ぐみながらドアの方へと回り、ドアに手をかけました。ところがここで、ちょっぴり意地悪な心が芽生えてきたのです。

「ねえ、ヒョウさん」とツチブタは呼びかけました。「……そこから出たい？」

「はあ？」という相手の返事。「いいからさっさと開けろ」

「ぼくに、ドアを開けて欲しい？」とちょっとどきどきしながら、ツチブタは訊ねました。

ヒョウはあきれたのか沈黙しています。

「さっきは思う存分、いたぶってくれちゃったよね」とツチブタは口をとがらせました。「ぼく、ずいぶん恐かったんだ。もうだめかと思っちゃったくらい」

「い・い・か・ら・開・け・ろ・よ」とヒョウのいらついた声が返ってきます。

すっかり強気になったツチブタは、ごくりと唾を飲み込みながら、

「どうしよっかな」と言ってやりました。

そのとたんです。中から「たっ」とかすかな音がしたかと思うと、次の瞬間、「しゅたっ」という軽い音が建物の外、裏側のほうでしました。

「あっ。ヒョウさんたら」

そうです。ヒョウは全力でジャンプし、高いところにあるさっきの穴から一撃で飛び出したのでした。

「ヒョウさんたら、じゃねえよ」ヒョウはつぶやきながら、「あーあ。この跳躍で完全にエネルギー切れだっての」

ヒョウはおもむろに、呆然として立ちすくむツチブタのほうめがけて歩いてきました。尻尾がぴんと立って、左右に揺れています。

そしてその場で迷うことなくあっというまに、ランチタイムが始まりました。もちろん、ヒョウの側の。


（終）

ブートレグ・ブギー

「珍品屋・ブギーハウス」と古めかしいフォントの看板が掲げてある。百年続いてます、という雰囲気をかもしているが、店を始めたのは去年だ。あるじは歳のよくわからないアルマジロで、店の机の上、裸電球の下でいかにも辛気臭い作業にいそしんでいる。切ったり貼ったり撫でつけたり、と。そして年季の入ったＣＤプレーヤは、後ろの棚でいつも調子のいいブギ・ウギ・ピアノを低く鳴らしている。

客はまばらで、思い出したようにしかやってこないが、当然ながら揃ってマニアだ。ヤマアラシの水かきだのオアリバクのしっぽだのフタコブピューマのコブだの、世にも珍しい品々が揃っているんだから。

今日のお客は白いヒゲの堂々とした、シロイワヤギだった。アルマジロ店主はさっそく話を持ちだす。

「知ってますかい。ツノスカンクの角の件」

「ツノスカンク？」と客はたちまち目を輝かす。「初耳だね」

そこであるじは、棚からおもむろにブツを持ちだしてくる。一〇センチばかりの、先のとんがった物体だ。

「ほう。これが」と客は手に取ってしげしげと眺める。「そういえば伝説の、ユニ……ええと」

「ああ。ユニコーンですかい。白い馬の額にありえない長さの角が飛び出してる」

「そうそう。あんなイメージなのかな」

「ユニコーンの角ってのも、この業界じゃけっこう出回ってますけどね」とアルマジロはかぎづめを振って警告する。「騙されちゃいけませんや、お客さん。全部が全部ニセモノですからね。たいがいが北氷洋のイッカクの角ですよ。まあ、角ったって、前歯が長く伸びたやつなんすけどね」

「そうか。なるほど。架空のけものだものな」

「で、こっちは短めだけどホンモノ」とあるじは話を引き戻す。「なんでも来年のワシントン条約改正交渉で、こいつが附属書のⅢからⅠに格上げされるって話で。そうなるともう、どんな条件でも取引ができなくなる。つまり今がとびきりのお買い得」

胡散臭さ満載でも、食いつく客はすぐに食いつく。

「で、どうやってそんな貴重なものを手に入れたんだね」

「そりゃあ、並大抵の苦労じゃありませんや。まあ聞いて下さいよ」

客は思わず身を乗り出す。

「騙しうちにするんです、ここだけの話」とアルマジロは声を潜める。

「いったいどうやって」と相手は興味津津だ。こうなればもう完全にこっちのもの。

「まずは、ツノスカンクを見つけなくちゃならない。これがけっこうな手間でして。なにしろ珍獣中の珍獣ですからね。突然変異といいますか、ふつうのスカンクの一〇〇〇匹に一匹しかいない、って言われてるんです。居場所はもちろん、仲間の情報網を使ってようやっと突き止めたんですが、これは企業秘密ってやつで」

「うんうん、それはいいよいいよ。で？」

「それで、やっこさんと対面したら、ちょいとからかって怒らせる。きみの体臭ってけっこうきついよねぇ、とかなんとか。ここがポイントなんですが、本気で怒らしちゃいけません。尻を向けてガス攻撃に出ますからね。それからこっちはいきなり逃げ出すんです。すると相手はどうすると思います？」

「あきれて呆然と見送るのかな」

「いえいえ、ここがあいつらの習性ってやつで、わけもわからずとことこ追っかけてくるんですよ。角のついた頭を振りたててね。あたしもこう見えて意外とすばしこいので、駆ける速さはまあ一緒くらいかな」

シロイワヤギは、その手に汗握るシーンを思い浮かべるようにうなずく。

「で、あらかじめ当たりをつけてあった蟻塚へと、誘導するんです。そしてすぐ手前であたしは、さっと脇へ退く。ツノスカンクのやつは、蟻塚に頭から突っ込んで止まる。ぐさりとね」

「ははあ。うまいことやるもんだ」

「その頭を抜いてちょっと振ってみて、一気に熱の冷めた相手は、とことこ戻っていくわけです。

もうおわかりでしょ。蟻塚には角だけが刺さって残ってるって寸法」

「なるほどねぇ。だけど角って、そんなに簡単に抜けるもんなのかね」

「ツノスカンクの角ってのは、ただのお飾りなんですよ。だって、ガス放出っていう超強力な武器があるんですからね。余計なもんなんです、はっきり言って。だからちょっとした刺激でも抜けちまうわけです。痛くも痒くもないみたいすよ」

客は感心してうなずく。手元の角をさすりさすり、代金を支払う。

「いやあ、今日もいいものが手に入ったなあ。家宝ものだね、これはもう」

「そりゃ何よりでしたわ」とご機嫌なアルマジロ・あるじはお気に入りのブギーのリズムでもって、かぎづめをかちかち鳴らす。商売がうまくいった日——つまり、まんまと手造りの品を売りつけたとき——にはつい、尻尾まで振れてしまうのだった。今日の品は、ユッカの葉っぱを樹脂加工してみたんだけど……また造ろっと……

ところが客は外に出ると、せっかく手に入れた角を、草むらの中にぽいと放り捨ててしまうのだ。そして独り言。

「がらくたはいらんが、いやぁ、今日のストーリーも面白かったなぁ。まじめな顔してあんな話をでっちあげるんだからな。うかうか聞いてると思わず本気にしてしまうって。参った参った」

そういえばあるとき、アナグマが店に怒鳴りこんできたことがあって、あるじはいきなり両耳をつかんで持ち上げられた。文字どおりの吊し上げ。

「騙しやがって、この密造野郎。何がタテガミモグラのたてがみだよ。コヨーテの抜け毛を輪っかにしてくっつけただけじゃねえか」

「仕方なかったんすよ」アルマジロはすかさず弁解した。「……手先が器用なもんで」

「ふざけんな。そんな理屈があるかよ」

けれどその場に居合わせた常連のオオアリクイとコアリクイは眉をひそめて、

「やれやれ。無粋だねえ」

「洒落ってものがわからないんだねえ」

とささやきあったものだ。

そう、この店を訪ねるマニアたちは、アルマジロのこしらえる偽物ではなくて、アルマジロの話のマニアなのだった。


（終）

キャットラップ

世界中にネットワークを持つ各種動物愛護協会だの保護センターだのの連中の口封じをしてしまったので、いよいよアニマル兵器が解禁されたのだった。

三〇〇〇匹の、許容量を超えるアドレナリンを注入されたうえに尾を切断されたりして痛ましく傷つけられたネコども——捕えてきたサーバルキャットも混じっている——がいっせいに爪を立て、唸り、叫び、極端に短くなった尻尾を振り回す。まもなく五〇〇〇匹ばかりは神経の昂ぶりで死んでしまう。アドレナリン放出中枢がキャパオーバーでいかれて焼き切れるのだ。そんなさなかに三匹ほどが密かに悟りを開くものの、おもむろに口を開こうとしたとたん、興奮した連中にぼろきれみたいに引き裂かれてしまう。残った者たちで戦闘部隊が組織され——いや、組織なんてもんじゃない、ただの一緒くただ——、まとめて敵地に解き放たれる。発狂寸前のネコの動きが読める者などいはしない。

こうして、王の復権など許すまいと共和制を堅持していた大統領とその右腕たち、つまり最大の政敵たちを屠り去ったイサクードⅦ世は、二十一世紀も半ばになって、まんまと王政復古を成し遂げ、おまけに自身の名を冠したハイテク神殿まで築いた。白い外壁の一部は、天安門広場の毛沢東の肖像を上回る巨大なスクリーンとして、王の動画を毎夜映し出した。

下地は出来ていた。経済制裁で窮乏する民衆の熱狂的な支持を得るために、唯一の同盟国から調達した数百台の強力な軍事用ドローンを連日飛ばして、プレゼントをランダムに投下し続けたのだ。民俗学も齧っている御用心理学者の助言によれば、これにより人々の間にはカーゴカルト信仰めいたものが醸成され、次第に投下主を崇めるようになるでしょうな、というのだった。自然発生した信仰を利用するのは強力極まりなしですぞ。諸刃の剣ではありますが。

ネコたちが大統領とその取り巻きたちをぼろぼろに引き裂いたニュースが報じられた時には、民衆は眉をひそめるどころか、大量のネコを操るクーデターの主を歓呼で讃えた。その手段が銃弾でも爆弾でもなかったところに、えも言われぬ神秘性を感じ取ったのだ。それがドローンで天から恵みをもたらしてくれるそのお方と同一人物であることは、あっという間にSNS上に流布した噂で知れ渡っていた。

けれども、王政復古はほどなく潰《つい》えることになる。

ネコたちの呪いが、復讐が始まったのだ。

瀕死の生き残りも含めて、ネコ兵器たちはクーデター後にまとめて穴ぼこに放り込まれたのだが、絢爛豪華な黄金の長衣をまとった王もまた、埋葬の場に臨んでいた。役目を果たしたネコ兵器たちに敬意を表するほどの配慮を持ち合せているのだと、まただからこそ、国を率いる資質が備わっているのだと国民にアピールすべく、三人のカメラマンに動画を撮影させていたのだ。そして後半、輿に乗った王はしずしずと穴の縁に向かって進み、そこで祈りのポーズでもとろうと思ったらしい。が、穴の一歩手前で衣装の裾を踏んづけ、つんのめって、穴の中へと真っ逆さまに転げ落ちた。血みどろで目を剝いた、三〇〇〇匹のネコの死骸の真ん中へと。

撮影はすぐさま中断され、深海なみに青ざめた王はただちに引っ張り上げられた。むろんのこと長衣のデザイナーには処刑命令が出されたが、王にはそれ以上の手ひどい罰が下った。数日後の突然の発熱とともに、体を黒カビがじわじわと冒し始めたのだ。大慌てでの分析の結果、王がネコエイズに感染していることが判明した。

ネコエイズ？

ネコ免疫不全ウィルスＦＩＶは、ＨＩＶとはまるで別物だ。つまりネコのエイズは従来、人に感染することなどなかった。

突然変異だった。しかも、猫に咬まれようと咬まれまいと、飛沫感染でうつっていくように変異していた。ウィルスというのは、人の思惑を超えて進化するのが通例なのだ。

薬代を払ってくれないネコ相手に、ワクチンも特効薬も開発されてはいない。

王はほどなく敗血症で命を落とすことになったが、これ幸いと集団指導体制に移行しようとした腰巾着の面々も、次々に倒れ伏していった。落下した際に王を手ずから助けて点数を稼ごうと、我先に駆け寄っていたがために。

（了）

無窮世界にラビットトーク

「ねえねえ、ぼくきのう、まんまる森の四角池のそばでさ、三角の不思議なキノコ、見つけたんだ。そのキノコったらさ、イチゴみたいに真っ赤っ赤でぴかぴか光ってるんだよ」

「ねえ、あたし考えてみたら、このままじゃだめになるって思ったの」

「で、思いきって一つ食べてみたらさ、気分がほんわかしてきてさ、いろんなものが見えだしたんだ。ぼくよりかでっかいカブトムシとか、ぼくよりかちっぽけなカモシカとかね」

「毎日草ばっか食べてて、ずっとこのままでいいのって思っちゃったの」

「あ、そうそう、六本足のユニコーンもいたなぁ。じいっとぼくのこと見てた」

「それじゃ何をするのって言われたら、すぐには思い浮かばないんだけど、とりあえず草じゃないものにもチャレンジ、って思うの」

「それでさ、面白くなってもう一つ食べたらさ、今度はからだが軽くなって、浮き上がっていくんだ。どんどん昇って、森の全体が見えるとこまで行っちゃったよ」

「たとえば、ドングリとか、ワラビとか、それから……キノコもいいかも」

「森はほんとにまんまるで、こんもりしてたなぁ」

「で、それで何になるかって、視野が広がるっていうか、世界観が変わるっていうか、ほんとの自分が見つかるっていうか、そんなとこ。だって、すごい挑戦だものね」

「なんだか神様になったみたいな気分だったよ」

「それで新しい自分になったら、同じ草を食べても、今度はうんざりしたりしない。いつでも別のものが食べられるんだから」

「にしても、まんまる森と四角池と三角キノコってセット、なんか笑えるよね。メルヘンぽくてさ」

「それからどうするかっていうのは、まだ考えてない。だってまず第一歩が肝心でしょ」

「ふふふ。また今日も行ってみようっと」

「いいと思わない？」

「いいと思うなぁ、あそこ」

野兎病で仲間がぱたぱた倒れていくっていうのに、朝から晩までぺちゃくちゃお喋りに明け暮れている。話が嚙み合わなくたってかまやしない。お喋りのあいだは、死を追っ払ってるような気になるってもんだ。

（了）

ワニならあっちだぜ

「探してるんだろ、ワニのこと」と何も訊ねていないのに、地元住民が知ったふうに声をかけてくる。

「ワニ？　いいや別に」と戸惑いながらぼくは答える。

「いいっていいって。ワニならあっちだぜ。気をつけて行きな」と相手は強引にワニの居所を教えてくれる。

こっちはただ、ここ東アフリカにちょっとした探検気分を味わいに来ただけなのだ。そりゃあ、その途中でワニに出くわしたりするのは歓迎だけど、特に探し回ってるわけじゃない。

次に出会った男も、挨拶ぬきで、

「ワニはあっち」と指差す。

その次の人間も、

「例のワニだったら向こうだ」と声をひそめて教えてくれる。

その次。

「ワニ探し、ごくろうさん。もうそう遠くないから」

いったい何がどうなっちゃってるのか。ぼくは癇癪を起して、次に出会ったやつが口を開く前に言ってやる。

「ワニなんか探すくらいなら、アナコンダでも探すよ」

すると相手はきょとん顔で、首を振るのだ。

「アナコンダなんていやしないって。ありゃあ南米のもので。それよりワニはあっち」

お次の相手なんかは、ちらっと目が合っただけで、さっと向かうべき方角を指差したほど。むろんワニのいる方角をね。

ぼくの頭の中身はとうとう、ワニだらけになってしまう。脳のしわの間に潜んだワニどもが、振り払っても振り払っても、嬉しげにぱっくり口を開けるのだ。こうなったらいったん本当にワニのいるところに行ってケリをつけ、さっぱりするほかなさそうだ。

そうして鬱蒼としたジャングルの中をずんずん進んでいくと、ぼくはいつかぽっかり開けた場所に出ていた。だだっ広い沼のほとりだ。

と思ったらさっそくそのまんなかから、ず、ず、ず、とおもむろにワニの頭が現れた。いったんコブみたいに盛り上がった水が、滝のように流れ落ちる。想像以上にでかい。間違いなくこの沼の主ってやつだろう。

「よく来た」とワニは尊大にこっちをねぎらう。「おれが村人どもを使って、お前さんを呼び寄せたのだ」

目玉は金色で、テニスボールのサイズ。そのまんなか、縦に一本、親指ほどの太さの黒いすじが裂け目みたいに走っていて、それがちょっと怖い。なるべく目を合わせないようにする。

「で、要件は？」とこっちはわざとビジネスライクに対応する。ワニごときにわざわざ呼びつけられて、嬉しいはずがない。相手はおもむろに説明を始める。

「話が早いな。じつはだ、連中の間で、この沼を干上げておれをつかまえ、カバンだのベルトだのにする話が持ち上がっている。おまけに歯はキーホルダーにされるし、肉は食われちまうって」

まあずいぶんとあけすけな話。

「今までこの沼は禁断の領域で、おれは崇められてのうのうと暮してきた。古き良き時代だったわ。だが昨今は、金目のものは根こそぎ金にするって風潮になっちまった。格差是正とかということだよな。情報化とかで、ここいらが〝野生の神秘の土地〟じゃなしに、ただの貧困地域ってことになっちまった。もう主もくそもない。時代は変わったよ」

的確な時代認識。でもぼくは、いったい財布にしたら何個取れるんだろ、とついとりとめもなく思ってしまう。五〇個？　いや一〇〇個はいけるか？

ワニの演説が終ったので、こっちはいい加減な思いつきを口にしてみる。

「でもそれはさ、新たなステージに乗ったとも言えないかい。きみの言ってみれば子孫たちがさ、世界中のおばさんやおじさんに長く大事にされて使い込まれるようなもん」

「子孫じゃなくて皮だ。ふざけんな」

相手が腹を立てて一〇センチばかり口を開けたので、こっちは思わず一歩後ずさりする。

「冗談だよ、ごめんごめん」

相手は気を取りなおして、問わず語りを続ける。

「おれはナイルワニだが、この沼からいつか出られんようになって、居ついたらこれほど図体がでかくなってしまった。が、村人どもが寄ってたかっておれを加工しようというなら、やはり勝ち目はないのだ。そこでおれは、取り引きを持ちかけた。あんたらがおれを売って手に入る金なんか、業者が小売販売する額に比べたら微々たるもんだぞ、と。つまりはサクシュされるだけだぞ、と。そうではなしにもっといいやり方がある、と」

ほう。ぼくはワニの話にだんだんと興味が出てくる。

「いいやり方って？」

「おれをキャラとして売り込むのだ。あのラコステみたいにな。来年は荒々しいワイルドさがウケる、とトレンド予想で聞いた。おれにぴったりだ」

「……ほんとかな。聞いてないけど」

ワニはぴったり口を閉じて見せた。すると口の両脇に、牙みたいな歯がはみだすようにずらりと並んだ。ワニの中でも気性が荒いっていう、クロコダイル族の特徴だ。

「な。いかにも凶暴そうだろ」

ぼくは頷きながら、

「仮にキャラになれたとしてもだよ、何もパテント料なんかは入らないよ」

「な、なんで」

「だってきみはけものだから」

「ああ、わかってる、わかってるって。けものごときに権利なんかないってな。崇めるも始末するも環境次第ってな。だからあんたをマネージャーにしたいんだ」

そこでワニは、いったんぼくの反応をうかがうように間をおいた。出し抜けな申し出にぼんやりしていると、相手はこれでそろそろ手を打とうやって雰囲気で言い出す。

「ま、TV出演もありでいい。ワイルドのアピールにな。すると飼い主としてのあんたに金が入る。それを分けてくれりゃ済む。そしたらそれをおれが強欲な貧乏住民どもに施す。みんなうるおって、おれをバッグにする話はなくなるって寸法」

「だけど、ぼくが裏切ったら？」とちょっと意地悪をしてみる。

「そんときは、おれの腹ん中におさまってもらう。おれは執念深いんだ」

ワニが口を三〇センチばかり開けたので、こっちは三歩ばかり後ずさり。

ぼくはいちおう衣料メーカーといくつかのTV局に売り込みをかけてみたが、うまくいかなかった。やっぱりな。翌年「来た」のはワイルドじゃなくて、「ちょっとヘンでちょっとかわいい」不思議キャラだったのだ。

巨大ワニは今ごろ世界中に大々的に散らばって、お金持ちたちに愛用されてることだろう。


（終）

アルマジロ配送録

今回の仕事はといえば、この国境のふちの埃っぽい町から、三〇〇〇キロばかり離れたところへと送り届けることだった。ブツはといえば、胴体を不釣合なほど青い馬鹿でかいリボンでぐるぐる巻きにされた、アルマジロが一匹。

「プレゼントってやつかい」とホセは控えめに依頼主に訊ねる。

「まあそういうことだ。目印のリボンが取れたりしないよう、くれぐれも丁寧に扱ってくれ」

取れるもんか。そのリボンときたら、何重になってるのかわからないくらい分厚く巻かれて、アルマジロの胴の厚みを二割増しにしてるほどなのだ。

それはともかく、やれやれ。ふつう生き物はお断りなんだがな。

ピックアップトラックの助手席にアルマジロを乗せると、溜息まじりに長旅を始めた。なにしろ報酬が「お宝ひと山」ってことで、大雑把な話だが引き受けちまったのだ。実入りの細っている昨今、背に腹は代えられない。

道中、アリ塚が目に入るとトラックを停め、アルマジロを下ろして勝手にアリを食わせる。アルマジロがランチタイムを満喫する様子を、ホセは煙草を吹かしながら眺めていた。

（手間かけさせちゃうね）とアルマジロ。

「いいさ。仕事だからな」とホセ。

「しっかし、アルマジロなんてちょっと郊外に出ればどこにでもうろうろしてるのに、なんでわざわざこんな遠くまで運ばなきゃならんのだ？　何か特別なやつなのか？」とひとりごとめいて口にすると、

（そうなのかもよ。なかなか自分の長所には気づかないもんだけどねぇ）と相手も請けあう。

不意に空が日蝕なみに暗んだと思うと、竜巻が襲ってくる。窓を締めきり、ソンブレロを目深にかぶりなおす――まじないみたいなもので、こうしていると何でもしのげる気がするから不思議だ――。身を寄せてきたアルマジロと二人でじっとしていると、竜巻は車体をひとしきりぐわんぐわんと揺すぶって去っていった。

「おい。だいじょぶか？」ホセはソンブレロのつばをもたげる。

（だいじょぶ。昔コヨーテにつかまったときもこんなだった。っていうか、もっとうんとひどい目にあったしね）

それから、とある町外れの路上では、数人の男たちに立ちふさがられた。にわか強盗の兄ちゃんたち。

「おい。金を出しな、おっさん」とすごむ相手。

よくあることだ。むやみに刺激してナイフなんか持ち出させないのが肝心。ホセは落ち着き払って、

「金なんぞないさ。これから貰いにいくところだ。煙草ならあるぜ。ほらよ」

若者たちはとりあえず手渡された煙草を吸って落ち着き、助手席に目をくれた。

「ちっ。しけてやがんな」

「じゃあせめて、その丸っこいのをよこせ」

「こいつはただのアルマジロだ。見りゃわかるだろう」

ホセがつついてアルマジロが巻きをほどき、きょとん顔を見せる。

「リボンなんか巻きつけてやがる」

「おれの相棒とわかるようにな」

「へっ。せいぜい仲良くするんだな」

若者たちはトラックの腹をひとつ蹴飛ばし、悪態を吐きつき去っていった。ホセはアルマジロに声をかける。

「昔コヨーテにつかまったときも、こんなだったか？」

(まあ、あれよりうんと楽だったけど。あのときは日が暮れるまで転がされたんだから)

それから今度は、土漠のまんなかで前タイヤのパンクときた。舌打ちして応急修理にかかっているあいだ、アルマジロは外に出てそのあたりをぐるぐるやっている。どうにか修理が済むと戻ってきて、

(ごはん、済ましといたよ。ついでにうんちもね)

「立派な心がけだ。コヨーテはいなかったか？」

アルマジロはきまじめに首を振り、

（いらつきながら修理してる人に近づいて、レンチで殴られたくはないからね。ココーテだって）

走りづめの三日三晩の後、ちょっとしたビルの並ぶ賑やかな都会のへりに到着。ようやく目的地だ。ホセはおもむろにアルマジロに話しかける。

「なあ。おまえはけっこういいやつだ。さすがはスペシャル・プレゼントだけあるぞ。もっと一緒にいてもいいくらいだ。本気でな。だけどおれはプロの運び屋だからよ、依頼主を裏切るわけにはいかねえんだ。評判が一気に落ちるからな。おまえを無事に届けておさらばってことになるが、悪く思うなよ」

アルマジロはホセの意外な釈明に目をしばたたかせ、おとなしくうなずいた。気に入られるとはね。

路地に入って住所を確かめる。ノックする。ドアが錆びたチェーンロックをつけたまま少し開いた。相手の目が、ホセとアルマジロとを交互に値踏みするみたいに見ている。なにやらドアのそばにはショットガンでも立てかけてありそうな気配。まもなくロックが外されて、相手はテキーラ焼けした髭面を出した。

「待ってたぞ。長旅ご苦労だった」

ホセは、なんてことないさ、という具合に肩をすくめた。

「それじゃ受取りにサインを」

やりとり終了。スモウレスラーなみの恰幅の男はのろのろとしゃがみこむと、アルマジロの両前足をつかんで後ろ足で立たせ、しつこく巻かれたリボンを胴体からおもむろに取り去った。ほどきるのにたっぷり一分以上もかかった。

「うむ。確かにこいつだ」

「おいおい。待ってくれ。おたくが入り用だったのは、リボンだったたってことか。アルマジロじゃなしに」

男は髭面をちょっとゆがめ、目配せしてみせる。

「そりゃそうだ。アルマジロなんてそのへんにごろごろしてるぞ。特に用はないな」

運び屋稼業で食ってる以上、届けたものの使い道なぞ聞いちゃいけない。余計なお世話だ。けれどホセにはぴんときた。リボンには超高純度のヘロインあたりがたっぷり染み込ませてあったのだ。なるほど、隠すよりもわざと目立たせたわけか。うまいこと考えたもんだ。こっちはいい面の皮だが。まあ何にしろ、顧客の意向に口を挟む気もないし。

ホセは、それじゃこのアルマジロはどうする気だ、という問いかけを呑み込んだ。どうせ、そのへんに捨ててくるさ、という返事に決まっている。

相手はいったん奥に引っ込むと、毛むくじゃらの腕にどでかい紙袋を抱えてきた。

「そら。報酬のお宝ひと山だ」

「ずいぶんと重たそうだが」ホセは片頬に笑みを浮べて、「まさかミミズってことはないだろうね」

「まさに当たりだ。極上乾燥ミミズが一〇キロばかり」と相手は真顔で頷いた。

いっとき、沈黙が垂れこめる。

「ちと聞くが、だれのための」

「むろんアルマジロ用だ」相手はそっけなく言う。「最高のおやつだぞ。こいつ、これからはあんたのお供だろうが。ん？」


（終）

えにし

　頭の綺麗に禿げ上がったその老人は、八〇をゆうに越えていると思われた。ついてくるよう促すでもなしにわたしに促すと、先に立って歩みだした。

　なぜわたしを、自分だけが大切に護ってきた秘密の場所へと案内してくれる気になったのかは、よくわからなかった。まだ借り受けるかどうか決めてもいない老人の居宅を、初めて訪ねてきたばかりなのだ。無聊を託《かこ》つ人間の気まぐれだったのかもしれないし、わたしがあまりお喋りではないことを好ましく思ったのかもしれない。


　中に通してもらうと、まさに絵に描いたように堂々たる佇まいの古民家だった。煤で黒光りしている梁の太さに目を見張った。たっぷりわたしの胴体ほどもあるだろう。

　老人はわたしを囲炉裏のそばに座らせ、茶を出してくれた。ここに一人暮らしになって三年ばかりになるが、いちはやく麓の街に引っ越した家族が案じて、しきりに下りてくるよう説くのだという。

「あの者たちは、大儀なんじゃな。しじゅうこんなところまで、食いもんやら何やらを運んで来にゃならんのがな」

とはいえ、老人の口調には家族を取り立てて厭わしく感じているようなところもなく、年齢を顧みれば有難い申し出、と思っているようなふしがあるのだった。

「それで、誰かここでええという人がおれば、住んでもろうてほしいと思うてな。人が住まなくなれば、家はがたがたと廃墟になりよる。忍びない」

率直な話だった。多少の不便を忍んででも古民家で暮らしたい、と望む若者や中年に差しかかった者――わたしのように――が一定の数になっている、ということは老人も聞き知っていた。家賃は形ばかりのものだった。管理してくれるだけで十分、ということだった。

「あっちこっち、見て回っているわけじゃろうな」

「いいえ、この地方ではここが初めてですよ」

「そうかい。それではじっくり、見て比べてから決めなされ」と相手はあっさりしたものだ。

老人の気持ちは、多少揺れているのではないか、とわたしは感じた。借り手が見つからないならそれはそれで肚《はら》を括り、自分が住み続けるだけのこと。そろそろ下りるのにふさわしい頃合なのかもしれないが、それもまた寂しい話で、容易には離れがたい……

わたしは実際のところ、この古民家を借りたい気持ちに傾きかけていた。まだ最初の一軒目で、不動産の選び方としては得策ではない。町役場のほうでは、紹介できる物件があと五件ほどあると言っていたのだ。けれど、胸にはふと、「出会い」という言葉が浮かんできていた。大仰に言うなら一期一会で、ここなら目をつぶって選んでもいいのじゃないか、と思えた。今日は急用で来られなくなった連れも、十分に気に入りそうな気はした。ただ、それがまだ確信というまでには至らなかった。

話が一段落すると、いっとき何かの思いを温めていたふうの老人はゆるゆると立ち上がり、

「時間はまだありなさるかね」

「大丈夫ですよ。ここにいると、時の流れるのが、ずいぶんとゆったりしてますね。思っていたとおりに」

「では の、ちと案内したいところがあるんじゃ。すぐ近くじゃで、よかったら」

わたしは喜んでついて行くことにした。

家の裏手に回り込み、ハシバミやレンギョウのまばらに茂る山道を十分もぶらぶら歩いていくと、ぽっかり開けた場所に出た。池がひとつ、ぽつねんとあった。

池はごくこぢんまりとしたものだった。差渡しはわたしが両腕を広げたのとほとんど変わらないくらいで、ぐるりはハコベやカヤツリグサに囲われている。ただ、老人が頻繁に通ってきているることを窺わせるように、ひとところだけが擦れて地べたが見えていた。

当初、ここそがわたしを連れてきた先だとは思いもしなかった。

「えにし、という言葉を、耳にしたことはあるじゃろ」と老人はたずねた。

「縁、ですよね」

老人はかすかに頷くと、

「縁にも、深い浅いがあろうさ。わしとこれのえにしはおそらく、かなり深くての」と口にした。

何のことだろうか。

老人は池をいとおしげな眼差しで眺めながら、縁に佇んでいたが、不意にこんなことを言う。

「池の中に向かって、呼びかけてみんか」

何かが潜んでいるということだろう。わたしは誘いに従い、少々遠慮がちに声をかけた。

「おおーい」

何が出てくるのか、浅緑色の水面に目を凝らしていたものの、何も現れはしない。老人はもういいだろうとばかりにこちらに目を向けてから、おもむろに縁にしゃがみこんだ。そして水面にまっすぐに顔を向けて、

「うっおーい」

その枯れた声は、わたしの呼ばわった声よりも、むしろ小さいほどだった。

ほどなく水の動く気配がして、何ものかが浮かび上がってきた。小さな水面全体が、こぶのように盛り上がった。わたしは思わず一歩退いた。老人のほうは、身じろぎもしない。

息を呑む。濃いカーキ色の、ひと抱えもある物体だ。掌大の鱗が重なっていて、魚の頭のように見える。池の表面をほとんど占めてしまわんばかりの大きさだ。わたしの拳ほどの白い玉が両脇についているのが目に入った。老人は腰にぶらさげていたビニール袋から、何かの団子を取り出した。それを見ていたかのように、池のその物体は口を開いた。水音がした。老人はその親を待つ雛鳥めいて大きく開けた口の中に、一つ、二つ、と団子を放り入れてやるのだった。五つばかりの団子が尽きると、老人は声をかけた。

「今日はしまいじゃ。また明日の」

すると相手は、まるでその言葉を待っていたようにして、ひっそりと沈んでいった。

「今日は鶏団子をやったが、気に入ったようじゃの」と老人は満足げに目を細めた。

それにしても、何という大きさだろう。頭の先だけから当たりをつければ、ショッピングセンターの屋上高く翻る大振りの鯉のぼりの、父鯉サイズだ。

「大和鯉じゃよ」と老人は告げた。「目はもう見えん。すっかり白くなっておったろう。じゃが耳は聞こえていて、わしが来たのがわかる」

「わたしの呼びかけには、応えませんでしたね」

老人の頬に、わずかに笑みが浮んだ。

「あれだけ歳を経ると、鯉も賢くなる」

「それにしても、こんな池に」

「どういう加減かわかりゃせんが、この池は考えられんほど、縦に深いんじゃ。井戸池、とでも呼びたくなるほどにの。だいぶ以前に、試しにと思うて、石を括りつけた紐を垂らしてみたことがあってな。長さはひと巻きで三〇メートルじゃったが、とうとう底には着かんかった」

おそらくその底は、鯉が自在に泳ぎ回れるほどの末広がりになっているに違いない。異界に通じていはしないか、とさえ思わせる。そうでなければ、鯉はここまで大きくはなれないだろう。

わたしは今さらながら、自分の髪の生え際にうっすらと冷や汗が滲んでいるのに気がついた。

「ふつうより並外れて大きいものや、途方もなく小さいものには、何かの力が宿っている気がします」という言葉が、わたしの口からは出ていた。

「かもしれんな」老人はぼそりと返した。「どんな力か知らんが」

その力が、ひょっとして老人ごと古民家を護ってきたのかもしれない。少なくとも、老人の暮しを潤してきたのは、確かなことだろう。

わたしはふと、口にしてみた。

「家を借りる人は、餌をやらなくちゃならないんですね？」

老人は苦笑いのていで首を振った。

「あんなもん、おやつとも言えるかどうか。腹の足しにもならんじゃろ。たらふく下で水草を食うておるわ。放っておいてもどうもなりはせん」

団子はたんに、コミュニケーションの手立てだったわけだ。いずれにしても、老人がここを離れがたい事情が、はっきりと見えたのだった。老人は鯉とのえにしのもと、ここでともに歳を重ねてきたのだ。

わたしは老人が、自身の背中を押そうとしたのではないか、と思った。鯉を目にして怖気をふるわない人がもしやってきたなら、借りてもらってもよい……

老人は腰を上げ、まだ水面に目を落としたままわたしに告げた。

「わしは、何かあんたが気に入った。家なぞ借りても借りてくれんでもかまわん。思い出した折に寄ってくれればええ。ぜひに」

けれどわたしはとうに、老人の古民家を借りることを心に決めてしまっていた。それも、長いつきあいになることだろう。鯉がこちらに懐き、呼びかけに応えてくれるようになるまで。

(終)

エレファンタイン

灰色の壁みたいに河川敷の一本道を塞いでいたのは、またしてもゾウだった。

「おや。どこへお出かけ？」とゾウは親しげに声をかけてくる。でもこいつにかかわるとろくなことはないから、ぼくは無言で通り過ぎようとする。するとゾウのやつは、さっと鼻を突き出して通せんぼだ。

「おいおい、えらく不機嫌だね。財布でも落っことした？」

「帰宅途中」とぼくはぶっきらぼうに答える。

「そりゃよかった。これからすることはないわけだ」

と、そのときぼくは、ゾウの首元にミカン箱大の木箱がぶら下がっているのが目に入った。

「これ、気になるかい。なるよね。じつはぼく、コブラが苦手なんだ」

「コブラって、蛇の？」

相手はうなずいて、

「あいつが足に絡みついてくるのを想像しただけで、気が遠くなっちゃう。だから箱にマングースを入れてあるんだ」

「だけどこんなとこにコブラもニシキヘビもいないぜ。いたとしたら幻だよ」

するとゾウは鼻先でもって箱を開けてみせた。空っぽだ。

「マングースなんか入ってないじゃないか」

「幻のコブラを追っ払う、幻のマングースさ」

ゾウが豪快に笑ったので、ぼくは思わず後ずさりした。ゾウが笑うと誰でもびっくりする。怒ったのかと思うからだ。

それから思わずため息をつくと、ゾウは鼻先を伸ばして、こっちの肩を元気づけるふうにとんとん叩き、

「じゃさっそく、クイズといこうか」

「どうせ、答えられなきゃ通さないって言うんだろ」

「いきなり正解！　今日は調子がいいかもよ」

「やるならさっさと始めろよ」とぼくはやけになって促す。

「では第一問。ゾウが全速力で走るのは、どんなとき？」

「敵に追われたとき」

ゾウはちっちっ、という具合に鼻を振ってみせ、

「ゾウに敵はいない」

「尻をアブに刺されたとき」

またまた相手は鼻を振って、

「ゾウの皮膚の厚さはタイヤなみ」

「じゃあ降参」

「あきらめが早いねぇ。答は、ハンニバルと勇猛なゾウ部隊が主人公の大河ドラマが、あと五分で始まることに気づいたとき」

こっちはかんしゃくを起こしそうになるけれど、じっとこらえる。腹を立てたら向こうの思うツボだ。

「それじゃ気を取り直して第二問ね。ゾウはゾウなんだけど、サイズはなんとグレートデンくらい。おまけに鼻はうんと短くて、耳はぴぃんと立ってる。どうしてだろ」

「そんなの幻じゃないか。マングースみたいに」

「残念でした。答は、グレートデンだから」

「だってゾウだって言ったじゃないか」

「だから、酔狂にもゾウって名づけられたグレートデンなのさ。大柄なもんで」

そろそろ胃がきりきりしだしたが、我慢我慢。

「それではラストチャンス、第三問。インド象とアフリカ象がけんかしました。どっちが勝ったでしょう」

そりゃひと回りでかいアフリカゾウだろ、と答えようとしてぼくはためらう。そんなストレートな正解のはずがない。このひねくれ者のクイズなんだから。

「じゃあ、インドゾウだ。アフリカゾウよりか、知恵がありそうだからな」

「どうもありがと」と相手は嬉しそうに鼻を振る（当の相手はインド象なのだ）。「でも残念、はずれ」

「じゃ、やっぱりアフリカゾウだってかい」

「それもはずれ。正解は、けんかしませんでした」

「何でだよ」

「インドゾウはお釈迦さまに導かれて、とっくに悟りを開いてたから」

河川敷に生ぬるい風が吹きわたっている。ゾウの座布団みたいな耳もわずかにはためく。あたりはなんだか、お通夜みたいに湿っぽい。

「ごめんな」ゾウは出し抜けに、しんみりと言いだした。「さんざん悪ふざけしちゃって。さみしかったんだ。インドに、ふるさとに帰りたくなってさ。いっぺんでいいから」

「わかるよ。ふるさとはふるさとだ」

「カルナータカ州のどまんなかの密林で、家族と仲よく暮らしてたのに。午後は水浴びなんかしてさ、毎日毎日。ぼくは末っ子で、ずいぶんかわいがってもらったっけ」

「そうだったのかい」

「そこへいきなり、一家離散の憂き目さ」

「密猟業者にさらわれてきた……ああ、だからそんなに性格が歪んじゃったわけだ」とこっちは、ささやかなお返しをする。

ゆるい風の中で、それでもゾウの身の上話は少々身につまされるところがあった。じつのところ、ぼくの家族だって——

ゾウが不意にすっとんきょうな声を上げる。

「……なあんてね。ぼく上野生まれの上野育ちだし。江戸っ子だし」

この野郎。

「ともあれ今日のきみは、健闘したと思うよ。レベルの高いクイズにがっぷり取り組んで、一生懸命答えようとしてた。間違ってたとはいえ、そこは評価したい」と尊大な調子でゾウ。「そこで今日はきみに、〝エレファンタイン〟の称号を進呈することにしよう」

「何だいそれ」ぼくは、警戒しながらもちょっとくすぐったい気分で訊ねる。「ゾウに関係あるんだろうね」

「あとで辞書で調べてみるがいい。スペルはelephantain」

言い残すとゾウはすんなり道をあけ、反対側へと一本道をすたすた去っていった。待てよ。ゾウのやつ、どだい何でこんなとこにいるんだ？　動物園を脱走してきたってことじゃないか。振り返るとゾウの姿は、もうビー玉ほどになっている。勘ぐられる前に、早足で行ってしまったわけだな。何てやつだ。

スマホを取り出して、さっき贈呈された言葉をチェックする。すると、

「elephantine: ぶざまな」という訳。

くそっ。どこまでもゾウのやつめ。

さて、ぼくはとんでもないことに気がついた。ゾウどころじゃない。なんと、帰る家がなかったのだ。アパートはおととい引き払っちゃってるし、空き家だった実家はとうに人手に渡ってる。どうやら当分、ネットカフェでしのぐしかなさそうだ……

（了）

ボーリング場がさびれないわけ

ミーアキャットがピン、ココノオビアルマジロがボールだった。

そりゃすぐに倒産さ。どうしてかって？　当たり前の話だ。球がアルマジロでピンがミーアキャットなんてボーリング、誰がやりたいもんか。球はレーンをよろめいて転がっていき、しょっちゅうガターになるし、ピンはゆらゆらと安定しないんで狙いが定まらない。でも球はアルマジロはアルマジロでも、ココノオビアルマジロなんですよ、って？　ミツオビじゃなくってな。だから何だよ。ミツオビは完全には丸くなれないからときた。おめえらだって十分いびつだわ。

まあ話の種にいっぺんだけ行ってみるってのはありだけどな。それっきりさ。

……とみんな思ってたら、今も意外と、へたなゲームセンターよりも盛況で長続きしているのはどういうわけか。

仕事に慣れてきたアルマジロのやつが、重心のコントロールっていう秘技を編み出したんだ。なんでも仕事がひけたあと、支配人の監督のもと、レーンで自主トレに励んだっていう。それでもって、ガターどころか次から次へとストライクを導き出すまでになった。ミーアキャットのほうだって負けちゃいない。しっかり直立不動になるコツを学んだうえに、ちょっとした技を身につけた。球の当たる直前に、一〇本のピン全員が、一瞬からだを傾けて中心に寄るのだ。そうするとやっぱりストライク率が上がるわけだ。プレーヤは当然気分がいい。このボーリング場だとスコアが五〇も六〇も上がるって評判になった。しかもそれだけじゃない。ミーアキャットは常連客を覚え込んで、手を振るように支配人から指示されたのだ。じき、手を振ってもらうと何かいいことが起きる、って都市伝説まで生まれた。よくよく覚えられるほど多くのミーアが手を振るが、一〇匹全部に手を振ってもらったらこれはもう奇跡同然で、写メを見せびらかして人に自慢できるのだ。しまいにはボーリングそっちのけで、それだけを目当てに通う客だって出てきたっていう。やれやれ。

今日び、ボーリングなんてたいして流行らない。昔ながらのファンのおかげでほそぼそと続いてる、ってのがほんとのところだ。しかもこの人手不足で、人件費はじりじり上がる。とてもやってられない。で、応募してきたアルマジロとミーアキャット（ネコの手も借りたのだ……実際はマングース科だが）を雇い入れたわけだった。なんせ報酬は現物支給でいい。クロアリとか乾燥ミミズとか、カブトムシとかトカゲとか。前年同月比でお客が増えたら、ご褒美としてアルマジロには刻みリンゴとバナナ、ミーアキャットにはフリーズドライ・マウスが出るので、両者いたってご満悦。おまけにどっちも、ボーリング場組合に加入するなんて厄介なことは言い出さない。つまり、こんなに安上がりで扱いやすい従業員なんていやしないって。

すっかり調子に乗っている敏腕経営者は来月、アニマルカフェを併設する心積りでいるらしい。マスターは蝶ネクタイをつけたシマウマ、ウエイトレスはリボンをつけたカンガルーの予定だって話さ。

（終）

マタタビンゴ

縦横にひび割れの走る漠々とした大地をシートに、ネコどもがゲームに耽っている。世界にはもう、たった六匹のネコしか残ってなかった。ペルシャン、ヒマラヤン、シャムにレックス、アメショー、そしてミケ。

嵐のようなネコ狩りを逃れたエスパーたちだった。ネコに対するヘイトクライムが出し抜けに吹き荒れたかと思うと、みるみる世界を巻き込む暴風と化した。ネコ嫌いにはもちろんのこと、ネコの飼い主にさえ狂気は感染した。ネコというネコはとっつかまり、町外れに掘られたクレーターなみに巨大な穴ぼこに押し込められて、二度と出てこられなくなったのだ。そして乱心の沙汰によってすっかりタガの外れてしまった世界は斜めに傾き、がたがたになった。ネコの次は、イヌというイヌが目の敵にされた。理由は何でもよかったのだ。そしてやがてはありとあるけものが血祭りに上げられるようになり、世界は着実な滅びの道を歩んでいくことになった。

ペルシャンは世界から、優雅でないものを消去できる。ヒマラヤンは高雅でないものを除去できる。シャムは典雅でないものを撤去できる。レックスは風雅でないものを排除できる。アメショーは閑雅でないものを削除できる。ミケはおいしくないものを整理できる。そうして世界はネコ好みのしなやかなものとなっていくのだ。何かしら雑然としてはいるのだが。

もっとも、彼らがそうした力を発揮できるのはマタタビの実をしこたまかじったときだけで、しかも質のいいマタタビはそのへんに転がってるわけじゃない。その点、ここは願ってもない場所だった。耳を引きちぎられたり、しっぽをちょん切られたり、散々な目に遭いながら、命からがらたどり着いたのだ。この妖しいほど上等なマタタビの木が密生する、秘密の桃源郷に。

マタタビの実に番号をつけ、世界の「優雅でないもの」だの「風雅でないもの」だのにも並び順に番号を振っておいて、ネコたちはビンゴゲームに興じる。おかげでじき、世界はまだら模様のがらんどうになってしまった。ちょぼちょぼと残っているのは、相手にするに値しないものばかり。おまけに、用がなくなったら消去してるマタタビの木もだいぶん払底気味に。

「うーい。実の生ったマタタビの木、あと一本しか残ってないぜ。気がついたら」

「ふうう。酔った酔った」

「あーあ。早いとこ決めちまおうや」

「こっちが先にビンゴね」

「望むとこだ」

世界の端にしがみつくように、つるをぶらぶらさして、今にも倒れそうな木。かしいだ世界にかしいだ木が一本。

「うっふふ。あと一個でビンゴ」

「ちょっと待った。何かこっちに来るぞ」

男が一人、がらんどうの大地をよろめき歩いてくるのが見える。

「やだ。ニンゲンじゃない？」

「らしいな。生きてやがった」

「あいつ、どうする？」

「最後の追っ手かもな」

「ちょっと待って。ルールブック、見てみよう」

「ネコに小判……じゃなくてルール」

「んなこと言うなってば。みんなで決めといたってのに」ぶつくさ言いながらレックスがページを繰る。「あったあった。こういう場合にはビンゴ無効だって」

「中断？　ちょっと。ひどいじゃないの」

「だって、書いてあるよ」

「あたしはずるなんか、しないわ」

「邪魔が入ったんだ。おあいにくさま」

男はあっちへよろけ、こっちへ倒れかかりして、とうとうネコたちのところまでやってきた。

ああ。きみたちに謝らなくちゃならない、と男はネコたちの塊を目にするなり涙声を出した。いったいなんてことを。みんなどうかしてたんだ。

どうかしてたのは間違いない。ネコたちは用心しながら——腰を浮かせいつでも逃げられるようにして——男の様子を見つめた。相手はいきなり大地につっぷしてしまう。

もう終りだ。ニンゲンはおれ以外に残ってないかもしれない。って気がする。

ネコたちは頷く。たぶん当たりなので。

自業自得ってやつだ。けものを全部滅ぼしちまって、報いがもろに跳ね返ってきたんだ。

それもじっさい、確かなこと。酔っぱらいの述懐にネコたちは聞き入る。

おれはべろんべろんに酔っ払ってて――今もだが――逆上の沙汰に巻き込まれずに済んだんだ。

男はもぞもぞと身を起こすと、今度は地べたにあぐらをかいた。

さあ、ニンゲン代表として、覚悟を決めてきたぞ。どうにでもしてくれ。爪を立てまくるなり、かきむしるなり。

「危ないやつじゃなさそうだな。どうやらさ」

「いや、危ないやつだよ、ある意味」

「まあまあ」

ネコたちはそろそろと近寄る。そして、てんでに男の膝や肩の上に乗っかり始めた。

「やっぱこれ、落ち着くんだよなぁ。んごろごろ」

ネコたちにまとわりつかれたからられた男は、あぐらをかいたまままいびきをかきだす。無精ひげにまみれた頬に、涙の跡を幾筋もつけて。

世界はとうに破滅したも同然だったが、さしあたっては少々のマタタビさえあればいい。ネコどもが繰り返し真新しい世界を作り出してくれるんだから。ネコに世界再生力があることはほとんど知られていない。気づいている人がいれば、まさしくビンゴだ。

（了）

ジャガー狩り

アニータ――二度目の妻の名だ――にゴージャスな毛皮を着せたら、すこぶる似合うだろうよ。何しろあの派手好きだからな。と、ハンターは髭をひくつかせながら思ったのだ。まあこれ以上きらびやかになって、浮気なんぞ始めなきゃいいが。

ジャガーは禁猟ということも知っていたし、ジャングルの住民でもない者が奥まで入るとろくなことはない、ともうすうす勘づいていた。ただでさえジーンズのベルトが腹を締めつけて――そのあたりはちょっとボンレスハムを連想させる――、身ごなしが軽いどころじゃないというのに。けれど、樹上のあのしなやかな獣といったん目が合ってしまった以上、深追いの運命は決まってしまった。そういうたちなのだ。

猟銃を肩に夢中で追跡を続けるあまり、密林の民ウロクゴ族でさえめったなことでは踏み入らない魔域に迷い込んでいたことに、まるで気がつかなかった。

「あの大柄なネコちゃんは、どこへ失せたんだ？」とハンターは呟いた。それから、このセリフが気に入って、片方のほっぺたにひきつれたような笑みを浮べた。

いっとき、あたり一帯が深々とした毛皮みたいな沈黙に包まれたかと思うと、とろけるような声が地響きさながらに轟いた。

「あたしはここよ」

次の刹那、ハンターはあっという間に爪の先でつまみ上げられて、洞窟みたいな口に放り込まれ、むしゃむしゃ食べられてしまった。ぼろぼろになったジャケットだけがぺっと吐き出されたとさ。ああもちろん、きつめだったジーンズも一緒に、まっぷたつに裂けてね。

いっぽうでアニータはそのあいだに、尻にポパイの刺青のあるマッチョ野郎と、さんざん楽しいことをしていたのだった。

さいわいもう〝大柄なネコちゃん〟の腹の中でこなれかけているハンターには、知る由もなかったが。


（了）

（注）ジャガーはワシントン条約附則により、準絶滅危惧種に指定されている。

診断

病室にはアルマジロが一匹と、メガネをかけた白衣の男が一人。

「どうですか、調子は」と男が声をかける。

「まああかなぁ」と退屈げにアルマジロ。

「悪くはない、ということですね」

「こっちとしてはね」

「でもまだ自分のこと、アルマジロって思ってますよね？　正直言って」

「そりゃ、どうしたってそう思えちゃうもんでね」

「そうかぁ。まだ当分かかるな。残念ながら」とつぶやきながら男は、「あれ？　カルテは……看護師がまだ来ないぞ」

「看護師が来るまで、話しててもいいんじゃない？」とアルマジロが見上げる。

「だいじょぶですよ」と男は頷く。

「ずばり訊くけど」とアルマジロ。「あなた、まだ自分のこと医者だと思ってるでしょ」

「ていうか、ぼくはあなたの担当医だけど……」

「そっか」とアルマジロは軽くため息をつく。「まだだめか」

そのとき、ドアを開けて別のアルマジロが駆け込んでくる。

「先生、済みません。点滴の準備で手間取っちゃって」

アルマジロ看護師はカルテを手渡す。アルマジロ医師がさっそく、妄想寛解の兆候なし、と記入。

「さて、次の患者は？　隣だっけ？」


（了）

ネズミで悪かったな

旧約聖書『創世記』によれば、四〇日四〇夜のあいだ荒れ狂った洪水がおさまり、嵐に揉まれ漂流していたノアの方舟はアララト山の山頂に乗り上げていた。ノアは試しにカラスを、次いでハトを放ってみたが止まる場所がなくて戻ってきた。七日後に再びハトを放つと、今度はオリーブの小枝をくわえて戻ってきた。そしてさらに七日後にまた放つともう戻っては来なかった。そこでノアはすっかり水が引いたのを知り、神に感謝を捧げたのだった……

神の命によりノアが建造した方舟は、全長三〇〇キュビット（一三三メートル）・幅五〇キュビット（二二メートル）・高さ[illegible]（[illegible]〇メートル）という、タイタニックなみので[illegible]か、ノア一族のほか、あらゆるけもののつがいが乗っていた。その巨大船がいま、山の頂のふちに危なっかしく引っかかっている。ディズニーランドの遊具パイレーツみたいに、ゆらりゆらり揺れているのだ。

「神の与えたもうた最後の試練かもしれんて。舟は降りねばならんが、まだへたに動かんほうがいい」とノアはけものたちに告げた。「舟もろとも転げ落ちてしまうことになるぞ。ここは静かに時を待つのだ」

閉じ込められて退屈のあまりいがみあいを始めていたライオン・トラ・ピューマたちや、ゾウ・サイ・カバたちのグループは小競り合いをやめた。ハリネズミやモグラなどの小動物たちさえ、できるだけ身じろぎしないよう気をつけた。なにしろ、方舟を造って自分たちを救ったノアさまのお達しだ。

豊かな白い髭をたくわえたノアは、歩きまわりながらユキヒョウのしなやかな背をひと撫でし、ヘラジカの立派な角をぴんと弾き、ウォンバットの丸っこい尻をぽんと叩き、優しい声をかけた。そしてけものたちの配置について、細かい指示を下し続けた。とりわけ大型のけものたちには。

「そらそら。キリンは艫《とも》のほうじゃ。そしてほれ、バイソンはうんと舳先《へさき》へな」

ところが、そのノアの言うことをまるで聞かない集団があった。ネズミ一族。

「ちぇ。ノアさまときたら、ずうっとふっかふかのアンゴラウサギを抱っこして歩きまわってる。おんなじ齧歯類だのにな。おれらのことなんか思ってみてもくれねえ」

「だっておれたち、ただのネズミだもんな。ふかふかもしてねえし」

「それでもよ、たまには親切な言葉のひとつもかけてもらいてえもんだ」

「甘ったれててもしょうがねえさ」

「お情けで乗っけてもらったってわけだろな」

「まあそんなとこだろ。伝染病は撒き散らすは何でも齧りまくるはやたら増えるわ、そりゃ人気者にはなりゃしねえさ」

「ずいぶんな自虐野郎だな」

「まあいいや。おれたちはおれたちで勝手にやってこうぜ。どうせどこでも爪弾きだし」

じっさい、方舟の乗員でひそかにどんどん増えてるのはネズミだけだった。方舟はゴフェルという珍しい木でできていて、これが軽くて齧り心地がいいうえちょっとした甘みがあり——ゴーフルほどうまいわけじゃないものの——、ネズミたちはあっちこっちと夢中で齧りまわってはエネルギーを手に入れ、結果、産めよ増やせよで繁殖していった。そうしてしまいには、数千匹の群れをなすまでになっていたのだ。彼らは余計なトラブルを避けるべく、つねづね人目を忍ぶ影のように動いていたので、ノアも事態に気づきはしなかった。

ノアはもともとが公平無私な人間で、むろんのことネズミのようなけものを蔑《ないがし》ろにしているわけではなかった（もろに毛嫌いしているのはノアの次男ハムの嫁だ。あの裸のしっぽを目にすると絶望的な気分になるのよ、という）。あらゆるけものを乗せよと命じたのは神であり、その使命を果たすべく選ばれたノアに好悪の余地はないのだ。ただ、そのノアにしてみても、直感的に触れたいものと可能ならば避けたいものがある事実は否めない。そしてネズミはどうしても後者の範疇に収まるのだった。

ネズミたちは舟からの脱出行を、つまり新天地への一番乗りをいちはやく決めてしまった。災厄の臭いのする嫌な予感に見舞われたのだ。

「やれやれ、いったい何の試練だってんだよ」

難破しそうな船からはまずネズミが逃げ出す、という経験則はこのエピソードから来ている。

ネズミたちは昼夜交代で、方舟のたっぷり一メートルはあろうかという分厚い横腹に穴をうがった。光が差し込んでくるやいなや、さっそくそこから、脱出劇が始まった。ネズミ一族は順繰りに、ダムの決壊さながら雪崩を打って穴から飛び出し、山の斜面へとこぼれ落ちていく。

そしてぐわらり、と舟がかしいだ。バランスが崩れだしたのだ。

ノアは青ざめ、けものたちはこぞって震え上がったものの、あとの祭りだった。今やアララト山頂の縁が崩れ出し、舟全体が傾きながらずるずると滑り落ち始めた。途方もない巨獣のようにのろのろと横倒しになり、回転しては舷側が剝き出しの山肌に叩きつけられ、そのたびに大崩壊が進んでいく。数回転のうちにノアの方舟は文字どおり木っ端微塵となり、山の斜面一帯は土煙に覆われた。舟の材質が柔らかだったという事情もあるが、ネズミたちが至るところをひそかに食い荒らしていたことも大きい。ノア畢生の大作はほとんど跡形もなく見事に砕け散り、従って、それから何百年を経ての方舟の残骸探しが、ことごとく無駄骨折に終わるのも当然のことだった。

大きいけものたちは内臓が破れるほど激しく叩きつけられ、小さい者たちは塵同然に空中に吹っ飛ばされた。こうしてけものたちの多くがその場で息絶え、絶滅してしまった。生き残った者たちも致命的な傷を負って半死半生のありさま、つがいもばらばらになって、とても子孫をつなぐどころではなかった。

ノアが五〇二歳でもうけた息子のセムら七人の親族も例外ではなかったが、六〇〇歳になんなんとするノア御大だけは、なんと無事だった。神の加護もあったろうが、どだいその歳まで生きてきたというタフさは尋常ではなかったのだ。ネズミの一部も方舟の腹ですり潰されたが、おおかたは逃げのびた。ネズミたちはその勢いのままに濃灰色の土石流のようにアララトのふもとまで駆け下ると、そのまま三々五々、世界中へと散らばっていった。これから至るところにたくましくはびこることになるだろう。そのさまを目にして、さすがにノアは嘆かずにいられなかった。

「神よ、どうして私ひとりを残されたのです。家族もみな絶えてしまった。歳ふるままにひとり、ネズミたちの栄えるのを眺めておれと仰せられるか」

なぜこのような試練を、と問うても答えが返ってこないのはわかっていた。神の思し召しは計り知れないのだ、気まぐれにしか見えないほどに。

その代わりに、

「ネズミで悪かったな」

という捨て台詞が、船の残骸のただ中に立ち尽くすノアの耳に、切れぎれに届いてきた。

ノアはそののち一〇〇〇歳の大台に乗るまで生き永らえ、さまざまな環境に応じてネズミ一族が巧みに変容していくさまを眺め暮らすことになった。大柄になる者、小粒になる者、毛深くなる者――アンゴラウサギさながらになる者もいた――毛を捨ててつるつるになる者、好戦的になる者、逃げ足の早くなる者。無数のバリエーションに進化を遂げながら、ネズミたちはこの世の唯一無二の支配者として君臨し、我が世の春を謳歌するのだった。

（了）

般若心経けものヴァージョン：コヨーテ／アルマジロ編

「なあ。よく聞けよ」とコヨーテはアルマジロに話しかけた。「〝がるるる〟も〝あおーん〟も〝しっぽ〟も〝肉球〟もなんにもねえ、ってことが、いきなりわかっちまったんだ。見えたり聞こえたりしてるものは、じつはなんにもねえんだ。逆によ、なんにもねえものっていったら、見えたり聞こえたりするものの全部よ」

それこそいきなりな話で、アルマジロはきょとんとしている。

「まあ聞けって。そうわかっちまったらよ、おれはよ、なんか妙にラクっつーか、ゆるーい気分になったな」

「何が？」

「何でもよ」

「へえぇ」

「おめえの目の前に、アリ塚があんだろ」

「うんうん」

「それじゃあ、おれが今それを半分壊しちまうとするぞ」

「やめてよやめてよ」と焦るアルマジロ。「おといやっと見つけたお宝なんだから」

「やらねえって。ただのたとえだよ」

「じゃよかった」

「それでだ、その半分になったやつをアリ塚っていうか？」

「いうよ。もちろん」

「じゃあだ、三分の二を壊しちまったらどうだ？」

アルマジロはいったい何を訊いてるんだろうと思いながら、

「やっぱりアリ塚だよ。サボテンでもないし、岩でもないし」

「そうか。それじゃだ、もっと壊して、おめえの頭くらいのサイズになったらどうよ」

「でもアリ塚はアリ塚……だよね」とアルマジロはちょっと曖昧な口調になる。

「最後によ、ひと握りしか残らなかったら？　おめえの鼻先くらいだ」

「それって、ただの土くれだよね。もうアリ塚じゃないかも」

「だろ？　じゃあどこが境目なんだよ」

「どこって言われても……」

「ほれみな。アリ塚って名前つけてるだけで、ほんとはそんなものねえんだよ」

面食らったアルマジロは、なんとなくびくびくとしっぽを振る。それが地べたをささっと掃いて、小さい土埃が立つ。

「土埃だってそうだ。サボテンだってそうだ。なんと驚くなよ、おめえ自身も同じことだぜ」

「ええと……」と思わずたじろぐアルマジロ。

「おめえの鼻面も、耳も、甲羅も、しっぽも、めいめいをアルマジロって言わねえだろ？　どこからどこまでアルマジロってことなんだよ？」

アルマジロはなんだかもうすっかり恐くなってしまい、体を半分丸めてしまう。

「まあびびるなって。おれもおんなじなんだからよ」

「コヨーテさんもいない、ってこと？」

「そうよ。おめえもおれも、それどころか何でもかんでも、生まれたり死んだりはしねえ。そう見えるだけでな」

「信じられないや」としびれた首をすくめるアルマジロ。

「それからよ」とコヨーテはたたみかけます。「おめえは自分のこと、アルマジロって思い込んでるよな」

「ち、違うの？」

「まあ、聞けって。アルマジロって決まってたら、もうほかのものにはなれねえよな」

「どういうことだろ」

「たとえば、もうコヨーテにはなれねえ」

そりゃそうだ、とアルマジロは思い、あまりのあたりまえぶりに、ちょっと口をとがらしたほど。

「当然おれだって、しっかりコヨーテって定まってたら、アルマジロにはなれねえ」

アルマジロなんかになりたくないくせに、とアルマジロは思い、ちょっとうつむいたまま、ますます口をとがらせる。

「だけどよ、もしぜんぜんそう決まってなかったらどうだよ。何にだってなっちまうだろ？」

なるほど、それはそうだ。リクツはそうなるかも。アルマジロは、自分がおそろしいピューマだったら、とちょっと想像してみた。ピューマなら、目の前のちっぽけなコヨーテなんて、一撃で蹴散らしてしまえるのに。

「本体ってものががっちり決まってなきゃ、ものはまわりの事情次第で何にでもなるんだ。何でもありな。さっきの話の裏っ返しよな」

もうなにがなんだか、アルマジロはますますきつく首をすくめたまま、目を白黒させて口をつぐんでいる。

「アリ塚だって増えも減りもしねえし、クソは汚くもきれいでもねえんだ。なんでかわかるな？」

もうぜんぜんムリ。アルマジロはおとなしく首を振る。

「もともとなんにもねえからだよ。もともとねえものが、できたり消えたりするか？」

アルマジロは今度はおとなしくうなずいて、つぶやいてみる。

「でも、アリを食べてるときはおいしいし、幸せって思うんだけど。お日さまを浴びながら」

「だからそれも気のせいってやつよ。まあ平たくいうとだ」

「あの。ぼく、なんか目まいがしてきたみたい」

「そうだろな。だけどよ、よっくこのことを思ってみるんだな。苦しいことがなくなるぜ。悩んだりもな。そしてだ、もっといくとすげえぞ。苦しいことや悩みがなくなるとかなくならねえとかいうこと自体も、なくなっちまうんだ。……いや、この話はまだおめえには難しすぎたな」

「じゃあ、コヨーテさんもじつはいないわけかな」

「おうよ。おめえの前にいるのは、言ってみればまぼろしよ」

「頭もずきずきしてきた」

「まあいいさ。何が何だかなぁって迷いがなくなったら、もうびくびくすることもねえ。安らかなもんよ」

「ふぅん」

「最後におめえに、とっておきの呪文を教えてやるわ。史上最強だぜ。覚えとくんだぞ。ぎゃーてい、ぎゃーてい、はらぎゃーてい、はらそうぎゃーてい、ぼーじそわか、ってんだ。ちと長いけどな」

「おまじないかぁ。それって、何に効くの？」

「何にでもだよ」

アルマジロはちょっとだけ反撃してみる。

「そのおまじないを唱えたら、コヨーテさんはぼくのこと食べたりしなくなる？」

するとコヨーテはおもむろに、

「さあな。そりゃどうだかな。なんなら試してみるか？」

アルマジロはとっさに、完全な球体に丸まった。念のために。


（了）

※参考

佛説摩訶般若波羅蜜多心経

觀自在菩薩行深般若波羅蜜多時照見五蘊皆空度一切苦厄舎利子色不異空空不異色色即是空空即是色受想行識亦復如是舎利子是諸法空相不生不滅不垢不浄不增不減是故空中無色無受想行識無眼耳鼻舌身意無色聲香味觸法無眼界乃至無意識界無無明亦無無明盡乃至無老死亦無老死盡無苦集滅道無智亦無得以無所得故菩提薩埵依般若波羅蜜多故心無罣礙無罣礙故無有恐怖厭離一切顛倒夢想究竟涅槃三世諸佛依般若波羅蜜多故得阿耨多羅三藐三菩提故智般若波羅蜜多是大神咒是大明咒是無上咒是無等等咒能除一切苦眞實不虛故説般若波羅蜜多咒卽説咒曰

羯諦羯諦波羅羯諦波羅僧羯諦菩提薩婆呵

般若心経

（玄奘訳）

ライオンコロジー

ダマスカスの動物園がウェブサイト上でＳＯＳを発しているのに気づいたのは、ようやく春の気配の漂い始める頃だった。内戦が膠着するまま動物園への客足は途絶えがちになり、とりわけ大型動物の餌代が賄えなくなったという。このままでは共倒れ、揃って飢え死にという末路が見えている。その代表格がライオンだった。で、世界中の誰だろうと構わず、その気があれば養親になってほしいという話。動画では、子ライオンがモップを抱えた飼育員にしきりにじゃれついている。猫なみに懐いているようだ。まだ生後数ヶ月というところだろう。

ダマスカスにはアサド政府軍の支配が及んでいるので、話さえつけば引き取るのは難しくなかった。ほとんど新車一台分の手数料を支払って引取り全般を任せた代理人の話によれば、動物園側から政府に話を通してあったことと賄賂が効いたことで、通関手続きも滞りなく済んだようだ。ライオンは貨物機でいったんモスクワまで運ばれ、それから乗り換えた便ではるばる日本へ。

初めて成田の検疫所で相手と対面した際には、男の背中にぴりぴりと電流が走った。子ライオンとはいえ、すでにそのへんの大型犬——シェパードだのコリーだの——を十分に凌ぐ大きさだった。あちらこちらの様子を用心しいしい確かめるライオンの瞳が男の目を捉えるたびに、男はまるで値踏みされるような気がしたものだ。

男はその後の奇妙な暮らしのためにと、資産の何割かを割いて北海道南部の廃業した牧場を買い取ってあった。本州からの移住も決めていた。むろんアフリカより寒さがこたえるには違いないが、広さについてはとりあえず足りる。少なくともシリアの動物園で一生を過ごすよりは、いくぶんかましだろう。牛舎を大規模に改修して、居宅としてはありえないサイズの住居とした。贅沢感はなくとも、ライオンと暮らすにふさわしい広壮さだ。

ライオンはすぐにジョーと名づけられた。というより、名前はとうに決まっていた。死んだロックスター、デヴィッド・ボウイの『ジョー・ザ・ライオン』、それが収録された作品『ヒーローズ』は男の長年にわたる愛聴盤だったのだ。

環境の急変に神経質になっていたジョーは、耳をひくつかせ、ひげを震わせ、軽く唸ったりはしていたが、それでも半月ばかりのうちに飼い主に馴染み、周りの状況に適応した。むろん子猫のように完璧に、というわけではないものの。

この国の条例では、猛獣を飼うには自治体の許可が要り、頑丈な檻や柵の設置など細かい条件を満たさなくてはならない。男はあらゆる条件に沿って法規違反にならないよう飼育環境を整えたが、そのじつジョーとは日夜同じ空間で暮らした。ジョーは居間を、キッチンの中を、堂々と徘徊した。寝室でともに眠り、男の投げ出した両足は横になったジョーの脇腹の上に乗っているのだった。しつらえた檻は形だけであって、冷凍馬肉やら羊肉やら、大量の餌の貯蔵庫と化した。広々とした庭――かつてホルスタインたちが草を食んでいた場所だ――が運動場とトイレを兼ねた。その一画を仕切って、鶏の平飼いも始めた。

一人息子だった男はそれなりの資産家で、それは何もかもそっくり親から継いだものだった。男は取り立ててそれを増やそうともしなかったから、ライオンを飼うなどということになれば、資産は急速に食いつぶされていくのは分かっていた。が、それがどうした、と男は意には介さなかった。人との付き合いはないも同然で、資産管理について助言する人間もおらず、男もそれを求めはしなかった。

男の昔からの密かな望みは他言しづらいもので、人に洩らしたことはなかった。猛獣に食い殺されて最期を迎える、という望みは。その願望はまるで腫瘍のように音もなしに育っていき、やがて本格的に深いところまで根を張って、男に取り憑くことになる。いったいいつ頃からこんな奇妙な願望が種を撒かれ、育ち始めたのか。司法書士か公認会計士試験に受かるという父親のあからさまな期待を裏切って大学を中退し、そのまま引きこもるようになってからか。それとも、言い争いの末に我を忘れてその父親の腿を刺してからか。父親は重傷を負い、男は傷害罪で逮捕されて、執行猶予の付いた有罪判決を受けたのだった。父親も母親も警察沙汰になるのは本意ではなかったようだが、救急搬送先の病院がただちに通報する仕儀となった。以来、父親は二度と息子の将来に口を出すことはなくなり、国家公務員を退職したあとは昼も夜も酒を欠かさなくなった。肝硬変か心筋梗塞でしまいになるだろうことは目に見えていた。母親はといえば、いつの頃からか家庭内のことに何一つ意見を述べることはなくなっていたが、男は結局家を出て、いわゆるフリーターになった。そして、父親に当てつけるかのように半端仕事を転々とした。

男は猛獣を刺激して怒らせ、結果咬み殺される、といった結末はまるで望んでいなかった。そうしたければアフリカにサファリツアーに出かけて、一人でライオンの群れの中に飛び込みさえすればいい。そうではなくて、あくまでも家族同然に親密になった猛獣によって命を奪われるのでなくてはならない。不意に、激しく、かつ無慈悲に。無残で愚劣で不用意な死にざまにしか見えないだろうが、男にとって最も納得のいくはずの死であって、その際に襲ってくるだろう痛みや恐怖は、一種甘美なイメージさえ伴うほどなのだった。

日に日に巨躯となっていくジョーが甘えて顔を擦りつけてくるときにも、その重みに圧倒されながら男は、自身の死の場面を生々しく思い描くのだった。

一度だけ、ジョーが出し抜けに咬みついたことがある。その日は朝のうちからライオンの機嫌は悪く、リビングの床に腹這いになって両前足の上に顎を乗せたまま、ときおり低く唸っていた。唸りは空気を震わせ、無垢材の分厚いダイニングテーブルの脚をかたかた言わせた。体調が芳しくないのは見当がついた。今日が「その日」になるのかもしれない、と男は急遽覚悟を決めた。そうしてぼんやりとジョーの目の前を横切った途端、相手は上半身をもたげて一歩前に出るなり、男の左足を横ぐわえにした。男は、

「どうした、ジョー」

と思わず上ずった声で呼びかけながら、尻をついた。時間が凍りついた。ジョーの荒い息遣いだけが、居室のだだっ広い空間にこだました。ライオンは本気ではなかったらしく、ジーンズの生地を牙が突き破ることもなく、男はほどなく解放された。じき分かったのは、ジョーが一本の

虫歯の痛みを抱えていたということだった。咬んだのは訴えのためだった。男は獣医——ライオンの診察は初めてだと助手ともども興奮気味だったが——を呼び寄せ、治療を打診した。ジョーの不機嫌の暴発で医者が犠牲になってはまずいので、男は預かった大根並みの太さの注射器で、うずくまるジョーの尻に麻酔を打った。一時間後、唸り、床を引っ掻き、抵抗を繰り返しながらようやく眠りに落ちたジョーの奥歯の治療が済んだ。

牙の跡は、ふくらはぎに一週間以上も残っていた。男は何か不思議なしるしめいたその咬み跡を眺めては、その時の感触を反芻するのだった。ジョーがあとわずか顎に力を入れていれば、あるいはくわえたまま獲物を仕留める時のように少し揺すぶれば、牙は男の脛《すね》の肉に食い込み、あっという間に出血多量の始末となっていたはず。

そうこうしているうちに、二十五年が過ぎ去った。

男はリビングの床に横たわっているジョーのたてがみを、ゆっくりと手櫛で梳いていた。テニスボールほどの毛の塊がごっそり抜け落ちる。肉球は旱魃の大地さながらに細かくひび割れ、尻尾の先は乾いた黄土色のかさぶたになっている。草原の王者になっていたかもしれないライオンは、キングサイズの分厚いマットレスの上に横たわって、介護されるがままの日々を送っていた。関節炎だの排尿障害だのの薬を餌に混ぜ込みながら、彼はひとりごちる。

「なあ。おまえはとうとう役目を果たしてくれなかったな。まさか、おまえが先だとはなぁ」

もしも永年の望みどおり、男がジョーに食い殺されていたとしたら、ジョーもまた警察の手で射殺ということになるのは間違いなかった。そうはならずに、ジョーがさしあたり平穏で飢えることもない生を全うできることに、男はわずかながら慰めを見出した。

　こうして男は、唯一の家族であるライオンを見送ることになった。火葬場で骨にすることはせず、ライオンが散歩していた牧場の真ん中に手ずから穴を掘って埋葬した。還暦を相当に過ぎた身のこと、スコップ一つで十分なサイズの穴を穿《うが》つにはまる二日かかった。その頃にはいよいよ資産の底が見えてきたため、何かと重宝していた小型重機も手放して、かつかつの暮らしを余儀なくされていたのだ。

　ジョー亡きあとの世界は虚空のよう――あるいはブラックホールのよう――で、うかうかと呑み込まれてしまいそうだ。ジョーの開けた穴はまともに覗き込めないほど大きすぎた。男はがらんとした屋敷に一人、その虚空を前にして日々を持て余すことになる。

　そして、半年を経ずに自身が倒れることになった。

　しみの目立つ広大なリビングの絨毯に横たわった遺体が見つかったのは、その十日ばかり後のことだった。しばしば出入りしていた宅配業者が異変に気づいた、いわゆる孤立死というていだ。検死解剖の末に、主たる死因は、とりわけ活動性の高い悪性リンパ腫から転移した膵臓ガンと判明した。みるみるうちに腹腔内を蝕み、腹水が溜まって身動きも取れなくなったようだった。

　ガンは膵臓ばかりではなしに、散乱状態で転移していた。そして、目に見える臓器という臓器を激しく、無慈悲に蝕んでいた。

※二〇一九年、動物愛護法改正で、ライオンやクマなど危険動物の飼育が禁じられた。

（了）

スノーバードと雪なまこ

雪の王国は果てもない。雪の王国にあるのは、真新しいシーツみたいな起伏だけ。

スノーバードは低く旋回しながら、雪なまこの潜っているあたりに話しかけた。

「なんかこう、えらいことになりそうだ」

ほの青い雪の下深く、雪なまこが不安に身じろぎしながら聞き返した。

「どういうこと？」

声は雪の上に出て、スノーバードの耳に届く。

「このへんが、だんだん小さくなってる。上から見るとわかるんだ」

「小さくって……」雪なまこは面食らってしまう。「で、どうなるのさ」

「しまいには、なくなるかもな」とスノーバードはやけっぱち気味の声を出す。その羽ばたきで、小さい雪嵐が渦を巻いた。雪なまこは身を縮めた。あたりは束の間、寒気に包まれた。

スノーバードがうんざりするほどぐるぐるめぐりをやったあとになって、雪なまこはくぐもった声を洩らした。

「……てことは、ぼくたちも？」

「たぶん」

「おしまいになんて、なりたくないな」と雪なまこはこぼした。

「おれだってさ」

「どうしたら、いいんだろ」

「わからんね」

沈黙が垂れこめる。

「あのさ」と雪なまこ。「王さまに、聞いてみたらどうかな」

「だれだよ、そいつは」

「だってここ、王国だよね。だったら、王さまがいると思って」

もう二、三回旋回してから、スノーバードは口にした。

「なるほどな。探しに行く価値はあるかもな」

「じゃ、頼むね」雪なまこはもうそれで安心して、眠たい声を出した。「見つかったら、知らせてよね」

スノーバードは、来る日も来る日も飛び続けた。雪なまこは、来る日も来る日も待ち続けた。スノーバードは飛ぶのが性だったし、雪なまこは寝ぼけているのが好みだったし。

スノーバードが戻ってきたとき、雪なまこは依然眠りこけていた。けれど、その背中の一部が雪の上に現れかかっている。色あいは雪と見分けがつかないものの。

「やれやれ。まだお昼寝中かい」

「むぐむぐ。ああ。お帰り」

「それにしてもおまえさん、だいぶん小さくなったなぁ」と、スノーバードは嘆息する。

「きみだって」雪なまこは寝ぼけまなこで言い返す。そう、二人とも少しのあいだに、半分ほどのサイズに縮んでいたのだ。

「ところで、どうだった?」

「だめさ」スノーバードは首を振る。「こんだけ飛んで飛んで、飛びまくったのに」

「王さま、見つからなかったわけ」

「くたびれ儲けってやつだ」とスノーバードは吐き出した。

二人はしばらくのあいだ、押し黙っていた。沈黙のなかにいると、焦りと苛立ちとでからだが熱くなってくるような気がした。火照りめいたものを鎮めようと、スノーバードはせわしなく羽ばたいた。雪が舞い散って、あたりがかき曇る。ちょっとした地吹雪模様だ。

「しょうがないよね」雪なまこは、自分をなだめるみたいに口にした。「やるだけやったんだから、いいじゃないのさ」

「そりゃおまえはいいさ」いくぶん腹を立てたスノーバードは、言い返す。「そうやってのんべんだらりと、寝てればいいんだからな」

「のんべんだらりってわけじゃ、ないんだ」と雪なまこ。

「だって、じっとしてるだけじゃないか」

「でも、こうしてて役に立ってるって言われた」

「だれに」

「王さまに」

「いつ」

「ずぅっと前に。いま思い出したんだけど」

スノーバードは鼻白み、疑わしい思いで口をつぐんだ。

雪なまこは言い募った。

「あんまり動かなくてもいいって、言われたんだ」それから曖昧な口調になって、つけ加えた。

「そんな声が聞えた……気がする」

「ふふん。寝ぼけてたんだろうさ」

「そうかなぁ」

スノーバードは天空を振り仰いだ。

「ええいくそ、お日さまが強くなってきた。目がちかちかする」

「寝てるしか、ないのかもねぇ」雪なまこがつぶやく。「うんとこさ、深い場所で」

ところが、見渡してみたって、雪なまこがずっとからだを沈めていられるような場所は、もうなくなっているのだ。スノーバードはとうとう癇癪を起した。

「おまえなぁ。そんなこと言ってるから、むざむざとおしまいになっちまうんだ。ゲンジツを見ろよ、ゲンジツを」

「そんなこと言ったって」

「おれは違うぞ」スノーバードは決然と言った。「おれは避難する。どっか、ほかの国へ行く」

「ほかの国なんて、どこに」

「探すんだ」と、むっとしたままスノーバード。

雪なまこは、懸命に思い出そうとしていた。ぼんやりした薄墨色の記憶の底から、何かが浮び上ってくる気配がしていた。あと少し……

と、そのとき、中空からこんな声が落ちかかってきたのだ。

――トキハメグル
風の切れはしか。二人は耳をそばだてた。

「なんだろ、今の」

「妙だな。空耳じゃないのか」

――トキハメグリヤマヌ
「ああ」雪なまこが出し抜けに、素っ頓狂な声を上げた。「この声、王様の声だよ」

「なんだって」とスノーバード。

耳を済ましても、それきり声は聞えてこない。まるで幻聴だったみたいに。

「ああ、ああ。思い出した。王さまの名前、〝季節〟とかっていうんだった」

キセツ。その名をスノーバードは反復する。聞き覚えのあるような、ないような。

雪なまこは、ふつふつと湧き上がる記憶のあぶくをとらえようと、身をよじった。

「……そう、そうだったんだ、こうやって、ずうっと繰り返してきたんだよ、ぼくたち」

「てことは、おれも消えていっちゃ――」

ろ」
「また、生れる」雪なまこが興奮ぎみに後を継いだ。「ぼくって、いったい何度目のぼくなんだ

スノーバードにもいま、おぼろな記憶が甦りかけていた。ずっと以前にも、おんなじような情景があった。そのなかで、おんなじ会話を交わしたような気がする。けれど雲母色の記憶の澱は、じき蒸散してしまいそうだ。太陽はますます盛んに光を注ぎかける。

「このこと、また思い出せるだろうか」と、スノーバードは洩らした。

「覚えとこうよ」雪なまこが、ひとりごとみたいに言った。「永いながい夢を見てるんだ……でもいつか、すっかり覚めるよいつか、きっと」

雪なまこ、もう落ち着かない身じろぎをやめている。ところどころ汚れた雪の上に、全身を晒して。

「たまには、まともなこと言うじゃないか」と、スノーバードが口にした。

「それほどでも」と相棒は答えた。

焦れたスノーバードが羽ばたいて吹雪が巻き起り、たじろいだ雪なまこが身じろぎして、いよいよ締めつける寒さになる。けれど、もうスノーバードが羽ばたきしても、小雪混じりのつむじ風が起るだけ。雪なまこが身じろぎしても、すっと温気が遠のくだけ。

「じたばたしても、詮ないか」

「そうみたい」

スノーバードは羽をおさめ、溶け残る雪の上に降り立った。あらためて、雪なまこを眺めやった。

目の前がかすみ、にじみかかっている。からだがほろほろとほどけそうだ。いっぽう雪なまこは、夢見心地へ引き戻そうとする波の揺り返しに、懸命にあらがおうとしていた。

「まあ、元気でいろよな」スノーバードは声をかけた。

「……元気っていうの、へんだねぇ」

「それもそうだ」

天空の高みを通る太陽は、二人の会話を気に留めるふうもなく、しんしんと照しつけている。すでに、互いの輪郭もぼやけだしてきていた。時は過ぎた。

「……じゃ、また次の冬に」

「うん。次の冬に。さいなら」

挨拶をかわしてしまうと、二人の記憶の痕跡は、あふれる光に呑み込まれた。夢うつつのうちに、あたりの空気は、きつい結び目が緩むみたいにして緩んだ。

この世に冬があるのは、地軸が公転面に対して六七度ばかり傾いているから、ということになっている。けれど、実際はこんなわけなのだった。

こうしてスノーバードも雪なまこも、四六億回ばかり輪廻してきたのだ。

（了）

（第三回ゆきのまち幻想文学賞入選作）

アルマジロのひどく優雅な日々

いつも半世紀ばかり前のひりひりするようなジャズが鳴っている喫茶《アルマジロ・タイム》の、アルマジロの背中みたいに堅い木の椅子に掛けて、ぼくはお茶を飲んでいる。窓の外は、斜めに降りしきる雪模様だ。

午後三時半になると決まって、店主のアルマジロが顔を出す（それまでは、アルバイトの女のコが一人でやっている。はたちそこその、短い髪で痩せぎすの彼女）。もっとも、アルマジロの身長は二〇センチばかりだから、彼が入ってきたところで誰も気づかない。ことにフリの客なんかは、つむじ風がドアを押しあけたかな、といった顔になり、もしそれが親切であるかおせっかいな人物であるかしたなら、閉めてなおしてやろうと立ち上がるくらいだ。

「どうも、みなさん。こんにちは」

床から這いのぼるきんきん声に、お客たちは店主の入来を知る。きまじめな顔つきでカウンターに近づく、アルマジロ店主。

「どうしていつも、三時半なのかな」腕時計に目をやった常連客が水を向ける。「三時とか四時じゃなくてさ」

椅子の座面に前脚をかけ、後脚で立って頭をもたげたアルマジロ店主は、たとえばこんなふうに答える。

「メキシコから帰ってくる便が、三時に着くのでね。空港からここまで三〇分かかる。四時になったらまた出かけなくちゃならないけど」

「そこでいったい何を？」客はびっくり顔をしてみせる。

「銀の採掘をね。人手が足りないんですよ。きつい仕事なもので。それに、日々汗を流してるいとこたちにも会わなくちゃならないし」

「鉱山業もやってるわけだ」

「そんな、たいそうなものじゃないけども」

客たちはいちように、スコップも持たない無数のアルマジロたちが、鼻を頼りに金脈を見つけ、かぎづめを泥まみれにして立ち働いているさまを思い浮かべる。

店主はこんなふうにつけ加える。

「しがないアルマジロがお店を一軒持つようになるには、それ相当の苦労をなめなくちゃなりません」

「なるほどねぇ」とかなんとか、客はたいして芸のない相槌を打つ。

店主は、天井で行き場をなくしてもやもやしている煙草の煙に目をやりながら、辛かった昔を振り返る。

「あれだけ車の多い物騒な道を、はるばる銀行へ行ってみたって、アルマジロごときに貸すお金はないって言われるばかり。ひどいときには、掃除のおばちゃんにモップで押し出されたことだってある」

「門前払いってやつね」と客が軽口を叩く。

メキシコはアルマジロ店主の故郷だった。じつは、ここ雪国の動物園を逃げ出してから一度も帰ってないって話だ。店主が得意なのは、いろんな話を即興でこしらえてしまうことだった。

あのあまりに物悲しいC・パーカーの『ラヴァー・マン』が、店主の背中を撫でて床を流れていく。レコード盤の年季を示す、潮騒みたいな雑音混じり。店主は今日は、カウンターの中に入ろうとしない。椅子の座に前脚を掛けたままだ。いつもなら、アルバイトの女のコに抱え上げてもらって、カウンターの端にあるコーヒーミルのそばに乗っかるのだが。

ちっぽけな塵につまずいてレコード針が跳び上がり、パーカーのソロが一瞬とぎれる。

「もうCDの時代さえ終わるかってご時世でね……（かぎづめでもってレコード棚を指して）LPなんて、ただのがらくたになる日が来るんですよ。針を作る会社がやめちゃったら」

天井まである棚を埋めているのは、演奏者のイニシャル順に並べた、七〇〇枚のLPレコード・コレクションだった。中古のをまとめ買いしたしるしに、たいがいはジャケットの背が白く傷んでいる。

「あたしにゃ一つ、ほんとにメキシコに帰るやり方があるんですよ。秘策ってやつが」とアルマジロ店主は誰にともなく言う。

「聞かしてほしいな」と客の声。ここの常連なら、また始まったと目配せするなんて不躾なことはしない。

「まず、自衛隊に入る。施設部隊のまじめな働きぶりは世界でも評判でしょ。道路を整えたり、水道管を埋めたりって。こっちは穴を掘るのはお手のもんですからね。役に立てるんです。それにもし戦争になったら、塹壕掘りだってやれるし。あとは、いろんなとこに入り込める。このサイズですからね」

「なるほど。そこでメキシコに派遣されるチャンスを狙うわけだ」

「そんなまだるっこしいことはしませんね」店主は軽くかぎづめを振る。「頃合を見て自衛隊を辞めて、アメリカ大使館に行く」

「そしたら?」

「亡命を願い出るんです」店主はいっとき、効果を確かめるみたいに言葉を切る。「機密を知ってる貴重なアルマジロってことで、すぐペンタゴンに連れて行かれる。ファーストクラスでね」

「じゃあメキシコには行けないじゃない」と客が混ぜっ返す。

「脱走するんですよ。なにしろお隣なんだから、国境は目と鼻の先」

客たちからくすくす笑いがこぼれる。背中を丸めて国境ぎわを小走りするアルマジロの姿が思い浮かぶのだ。

「ところでさ、いったい何でまた移民になったんだっけ」

「そりゃ、メキシコにいづらくなったからですよ」店主はきっぱり言う。「あたしたちは、不格好なミツオビアルマジロです。ご覧のとおり。だけどまん丸になれる。一方でココノオビアルマジロってやつは、いくらかスマートではあるんですが、いびつな玉にしかなれない。せいぜいのとこ、つぶれかけたタマゴ型です。……それじゃ不利だと思うでしょ？　ところが連中、稲妻みたいにはしこいんです。そのすばやさにものを言わせてどんどん勢力拡大、幅をきかしてるってわけです。今じゃ北はカリフォルニアから、南はパタゴニアまで」

「で、追い詰められちゃったわけだね」

店主は憤然とうなずく。

「そりゃ、何遍も話し合いをしましたよ。でも、向こうはそのたんびに新しいなわばりを要求するんです。マダラスカンクだのクロアシイタチだの、油断のならない連中を味方につけて」

「あんたたちも誰か、抱き込まなかったの？」

「しました、しましたとも。あたしたちだって、黙っちゃいられません」

「誰を味方に？」

「オオアリクイに、コアリクイ。ああそれに、ナマケモノ一族」

「ぼんやりしたのばっかりだ」

「残念ながらね。結果は見えてました。アリクイどもは、あたしたちの確保しといた立派なアリ塚に夢中でしたし、ナマケモノなんか、樹の上から降りてきやしませんでしたよ、とうとう」

「だろうねぇ」

「だけどいよいよ、土地奪還の時が来るんです。あたしが自衛隊で身につける戦術を生かしてね」

C・ミンガスがベースを鳴らし始める。その音の太さに嵌め木の床がびりびりする、『グッドバイ・ポークパイ・ハット』。

遠い目をしていたアルマジロ店主はやや気を取りなおしたふうに、

「ミンガスはいいですねぇ。『メキシコの思い出』は特にいい」

「死んじゃったよね」

「確か、五七歳だった。覚えてますよ、ちょうどその日、メキシコの海岸に五七頭のマッコウクジラが乗り上げたんです。迷ったあげくに。そしてみんな海辺で焼かれた」

ふと窓に目をやると、吹雪がひどくなっている。ほとんど水平に降る白のまだらが視界をふさぐ。

アルマジロ店主も窓のほうを見上げて、

「今ごろあたしの郷《さと》じゃ、サボテンの花が咲いてます。雪みたいな色のやつが、あちこちに」

太い梁《はり》をむき出しにした天井の灯りが、店主の丸っこい頑丈な背中に、橙色の光を投げかけている。まるでメキシコの土の匂いのする陽だまりが、銀色のからだに宿っているみたいに見える。足元に落ちる、穴ぼこに似た濃い影が身じろぎする。

「もう帰れやしませんよ、ふるさとには」といくらか自棄になった発言が飛び出す。

「そんなことないって」

「慰めはいりません。あたしにはわかってるんです、運命ってものが」

そろって口をつぐんだ客は、まるで自分にも運命とかいうものがあったのかどうか思い出そうとでもいう具合に、梁の向こうに目をやる。

「丸まるとこ、見ますか？」とアルマジロ店主は不意に言い出す。それから返事を待たないで、椅子の座面から前脚を下ろし、床に這いつくばる。新来の客は、見世物はちょっと、とでも言いたげに当惑顔。

「まったく、いろいろと気が滅入りますよ」店主は呟きながら丸まりかける。

「立派にやってるのに、この店」と客の一人がとりなすものの、

「そろそろ歳だしね」

「まだまだ大丈夫そうだよ」

「もう、誰ともけんかしなくなったし」

「いいことじゃないの」

「誰ともけんかしないってことは、誰とも仲良くしないってことですよ」

みんな押し黙ってしまう。今日の店主ときたら何かかたくなで、機嫌が悪い……太陽の翳りっぱなしの季節が続くあいだは、よくこうなるのだ……

「あたしはね」店主は自分自身の葬式にでも出かけるみたいな顔つきになって、言葉を継ぐ。

「自分を自分の中に閉じ込めちゃうんですよ。ほらね、こんなふうに」

床の上にうずくまったアルマジロ店主はきつく丸まると、もうこんりんざい、巻きをほどこうとしないのだった。


（了）

象を埋めないと

そう、なんだか突拍子もない災難だったよ。

ぼくは南インドの観光の町で、象に乗っていたんだ。象は光と影の濃いあの土地らしい、金やら紅色やらの派手な刺繍の施された布切れで飾り立てられている。あちこち薄汚れてはいるけどね。その背中にしつらえられた木の座台に乗って、ごみごみした繁華街を一周する趣向だ。まあ半時ばかりのあいだだけれど、下々の者たちの暮らしぶりを上から視察するっていう、ちょっとしたマハラジャ気分が味わえるわけだ。この巨大な動物は、観光用とはいっても聖獣の代表格だから、道々どこからかバナナ一本だのパパイヤひと切れだのが差し出されたりする。そんな施し物をもぐもぐやりながら、象はしずしずと通りを進んでいくわけだ。この図体だのに、足音なんてまるで立てはしない。寝ている赤ん坊だって目覚めないくらい。象の足裏は搗《つ》きたての餅みたいに柔らかいのだ。ただし、乗り心地はまったくもってよくない。象は側対歩《そくたいほ》といって、右側の前足と後ろ足、次に左側の前足と後ろ足を同時に運ぶので、大地震みたいに横揺れするんだから。

繁華街も尽きて、そろそろ折り返そうかというところだった。象が歩みを止め、出し抜けに右前脚を折った。座台がぐらりと傾いた。かと思うと、次の瞬間には一気にくずおれて横倒しになったのだ。むろんこっちは吹っ飛ばされて地べたに叩きつけられ、腰をしたたか打ちつけたよ。象使いは当然ながらパニックに陥った。路上に両足を伸ばして呻いているこっちのことなんか見向きもしない。顔は噴き出した汗で黒光りしているいっぽうで、厚い唇は血の気をなくしてかさかさだった。

行き倒れの象を見ようと、野次馬どもがあっという間に群れ集ってきた。影も焼け焦げるくらい暑い日の昼下がりだったな。ココヤシの並木の影の揺れるなか、象は白目を剥いてもうぴくりとも動かず、雑巾みたいな灰色の舌をだらんと垂らしていた。獣医を呼ぶまでもなかったろう。熱中症にしてはいきなりの展開すぎるし、象はこの程度の暑気にはなじんでいるはずだ。たぶん心臓発作か何かだったろう。持病を持っていたのかもしれない。誰かが気を利かしてヤカンの水を口の中に注ぎ込もうと試みたが、水はただ地べたを濡らすだけだった。飼い主の象使いは絶望的な顔つきで、象の目の分厚い上まぶたと下まぶたを両手でこじ開けてみたが、もちろん目は淀んだままで、何の光も宿してはいない。

いったんパニックの治まった象使いは見るみる落ち込んで、ときおりしゃくりあげながら頭を抱えている。不意に相棒を亡くした悲しみももちろんだが、きっと象を仕入れたときの借金がたっぷり残ってるんだろう。まだもとが取れないままに借金だけが積み上がってるわけなのだ、たぶん。

それじゃ気の毒だけどぼくはこれで、とあっさりその場を立ち去ったってよかったが、行きがかり上成り行きがどうにも気になって、そうはできなかった。野次馬たちにしろ、みんなひどく口数が少なかった。巨大なけものが死ぬというのは、人を何か厳粛な気分にさせるものだ。とはいえ、いつまでも呆然としてるわけにはいかない。最終的には埋めなくちゃならない。けれどなにしろこの炎天下、何の楽しみもない、えらくきついだけの作業になる。重機を使えばすぐ片がつくのだが、呼んでもいつ来るのか定かじゃない。おまけにけっこうな費用がかかるに決まっていて、しがない象使いにはとうてい賄えない費用だろう。この地で機械を使うのは高くつくのだ。そこで、手作業での穴掘りを試みるほかなかった。象を埋める穴というのは想像以上にでかくなくちゃならない。ぎりぎりのサイズだと必ずはみ出してしまうのだ。穴の中から、ストールみたいな四本の足が中空に突き出してしまうことになる。

誰かが気を利かして、どこかからスコップを一つ調達してきた。象使いがなかばやけになったように、穴を掘り始めた。ところがすぐに、路肩脇の地面は思った以上に踏み固められていて、スコップ一本では一昼夜かかっても掘りあげられないことがわかった。子犬を埋めるのとはわけが違うのだ。

放り出して逃げてしまうわけにもいかない。所有者ははっきりしている。

倒れた場所が場所で、道のどまんなかだったもので、脇にどかすだけで難儀なことだった。けれどとにかく、路肩までは動かさないとどうしようもない。その後はその後のこと。とりあえずやってみるかと取りかかった十人がかりでも、横たわる小山は揺すぶられるだけ。野次馬たちも象使いの悲劇を聞き知って同情したのだろう、どんどん加勢して、二十人でかかってやっと五十センチばかりずらす。まもなく騒ぎを聞きつけた象タクシー仲間たちも三々五々、やってきた。

みな人ごとではなく沈痛な面持ちだ。しまいには三十人ばかりが隙間なく象の周りに取りついて、こちら側からは背を押し、向こう側では四本の足をめいめい引っ張り、ゆさりゆさり揺さぶりながら、少しばかり右へずらし、わずかばかり左へずらしして、ようやっと巨体を路肩へと引きずり寄せた。いったんの作業が終わるとみんな汗だくのへとへとだ。思わずその場にしゃがみ込んでしまう者もいる。

ぼんやりと象の小山に目をやっていたぼくはそのとき、ふと気づいた。象の右前足がかすかに痙攣している。もしや。誰もが事態に気づいた。象使いは象の耳元に口を寄せ、必死の叱咤激励を嵐のように浴びせかける。

するとなんと、象の意識がとぎれとぎれに戻ってきたじゃないか。死の淵から生還したのだ。ついさっき激しく揺さぶられ続けたのが、ちょうど心臓マッサージにでもなったに違いない。

いったん蘇生したからといって、油断は禁物だ。とりあえずうんとこさ水を飲ませたほうがいいに決まっている。ぼくはパニ、パニ、と連呼して水を求めた。バケツやヤカンに水が運ばれると、象は横倒しのままに自ら鼻先ですすっては、口に入れた。

象や犀なんかの巨獣は、一定の時間横倒しのままだと下側に血が溜まって死んでしまう、と聞いたことがあった。しかもそのリミットが意外なほど短いらしい。もしかしたらそろそろ限界かもしれなかった。そしてこのことは、さすがに仕事柄、象使いも知っていたようだ。象使いは額に玉の汗をにじませながら、逆側に象の体を引っくり返そうと指示を出す。一同死に物狂いで作業に勤しむうち、象が震えながら立ち上がる気配を見せた。が、右前脚を立て、左前脚を立てたところで、いったん体勢を崩してしまう。象使いが目をぎょろつかせて喉首を鳴らす。野次馬たちが溜息をもらす。象はあきらめず、同じ仕方でようよう立ち上がり、そこで軽く勢いをつけて、後肢を踏ん張った。みな総出で胴やら尻やらを支えにかかる。数分後、巨獣はよろめきながらも半ば自力で立ち上がった。もう大丈夫だろう。象使いは象の周りをめぐりながら、タオルでもってしきりに脚をごしごし拭いてやる。少しでも鬱血をとってやらなくちゃならない。

象使いの体の動きは別人みたいに弾んでいて、今にも踊り出さんばかり。一人だったら三日三晩続く狂喜乱舞の乱痴気騒ぎになりそうな気配だ。ひととおり相棒の世話をして気が済んだのか、象使いは歓喜の祈りを捧げ始めた。胸元のシヴァ神——象頭のガネーシャ神はシヴァの息子なのだ——を象ったトルコ石のペンダントに。それから誰彼構わず野次馬たちに。そしてこのぼくにさえも。なんだか全方位に向かって跪《ひざまず》かんばかりだった。次に象の座台の隅に押し込めてあった頭陀袋から祝福のための真紅の粉袋を取り出してきて、周りじゅうの人々の額に祝福を施し始めた。

助かった原因？　特定なんかできやしない。スコップが一気に十本手に入ってたら、穴掘り作業が本格的に始まっていたかもしれない。そうなっていたらほったらかしの象は鬱血でアウトだ。野次馬が少なくてほとんど動かせないようだったら、マッサージになるような刺激不足でやっぱりアウト。パニックに陥った象使いが逃げ出してしまってても、もちろんアウト。象の持病——かどうかは不明だが——がもっと重かったならそれでもアウト。こうしてありとあらゆる要因がうまいこと絡まりあって、今回の象の命を繋いだ。もちろん象使いにとってはそんなことじゃなしに、シヴァの思し召しの結果ということに違いないが。
まあぼくのほうは、象の埋葬っていう珍しい経験をしそこねた代りに、はるかに劇的な体験をさせてもらったわけだ。腰は痛めたけどね。いずれにしろ、時間（だけ）が有り余ってるような贅沢な旅先では、いろんなことが起こるもんだな、ほんと。

（了）

不時着した宇宙船アニマート号における諸問題の解決策について

「あっとと。やめてよオオヤマネコくん」と、ぐいぐい迫ってくる牙とよだれにツチブタは困惑する。後足で立ち上がり、前足でもって目の前にバッテンを作る。

「へっ。宇宙食ばっかじゃあ下痢しちまわあ」とオオヤマネコは舌なめずりをやめない。

「みんなだって、ガマンしてるんだからさ」と脇からなだめるアルマジロ。

「知ったことかよ」オオヤマネコはますますもって猛々しく、今にもツチブタに跳びかかろうって体勢。「おりゃあもう、ガマンの限界だ」

ツチブタは涙声になって、モニターの方に目をやる。

「ねえキャプテン、なんとかしてよ」

船長のゴライアスオオツノコガネ——といってもつまりはコガネムシだが——何も映ってないモニター画面から体をもたげた（不時着以来ずっと貼りついてるのだ）。

「なんだというんだ、きみたち。これ以上騒ぎを起こす者は処分するぞ」

「ふふん。何が処分だ」とうそぶくオオヤマネコ。「できるもんならやってみろい」

船長はこの反逆者にじろりと一瞥をくれる（ように見える。わかりにくいのだ）。

「ツチブタくん、ハッチを開けてこのならず者を外に出したまえ」と威厳を込めて命じる。

「だって……」と口ごもるツチブタ。

「ためらわんでいい。船長命令だ」

「追放だと？　いざってときの用心棒であるこのおれさまを？」いきりたつオオヤマネコ。「いいともよ、できるもんならハッチを開けな。こっちから出てってやるぜ、こんなポンコツ船」

「聞きました？　キャプテン」ときいきい声を上げるツチブタ。

「よし、いいだろう。売り言葉に買い言葉というやつだ。さ、早いとこハッチを開けたまえ」

「でもどうやって」

「どうやってって、レバーを引くだけじゃないか。安全スイッチをオフにして」

「だから」とツチブタは金切り声になる。「レバーは壊れてるんですってば！」

「ああ、そうだった」船長は小さくため息をつく。「どうも忘れっぽくていかん。何しろキャプテンともなると、覚えることが多すぎるからな」

「っていうより、容量の問題」と第一技師（第二はいないが）のアルマジロがつぶやく。かまわずに解説を続けるキャプテン。

「まずはだ、メンバー全員の持ち場の確認と気質の把握と……第一技師、どうした？」

見るとアルマジロが、あっという間に眠りに落ちているところ。

「ぐー」

「寝るんじゃない」

「ぐーぐー」

「寝るなというのに」

「隙あらば寝落ちしやがって。あ。こいつ小便たれてるな」とオオヤマネコ。

「小便は袋にして外に投棄するのが原則だぞ」とキャプテン。

「あうう」と目を覚ますアルマジロ。「つい故郷の癖が出ちゃって」

「このど田舎もんが」

「まあまあ」

『過剰ストレス発生中』、とヤマネ医師はメモパッドに入力する。『ビタミンB群ならびにアスコルビン酸一〇〇〇ミリグラムを投与すべきか』。それからこうひとりごとを言った。

「いやいや、Cは利尿剤になってしまうな」

「いったいこれからどうすんだよ、キャプテンさまよ」迫るオオヤマネコ。「とっととおれを追い出してみろよ」

「次の指令を下すまで待機」とゴライアスオオツノコガネのキャプテンが、落着き払って言う。

「ちぇっ。虫のくせによ」

「でもよくやってると思うけど。虫にしては」とアルマジロ。

「虫は虫でも、エリート中のエリートだよ」とボノボはキャプテンの肩を持つ。「ムカデだのスズムシだのにキャプテンが務まると思うかい？」

「虫は虫だろうよ。虫だてらによ」

「国連の事務総長はちっちゃい国から出すのが決まりだって、知ってた？　安保理事国なんかはダメなんだよ。わざわざコガネムシなんかをキャプテンにしたのは、けものだと誰がなってもごたごたになるからさ」とボノボはきいたふうな解説を加える。

「もうとっくになってるじゃないか」

とたんにどったんばったん、大騒ぎ再開。ツチブタはその隙にまんまと食料庫方面へと避難し、アルマジロはまたまた丸まってコックピットの下にうずくまる。

「おれ以外はみんな非常食」ともはやぶっちゃけ宣言をするオオヤマネコの口からは、長いよだれがひと筋。

「オオヤマネコさん、危ないなー。誰でも非常食って……」とささやくみたいな声。

「おっとと。きみだれ？」とツチブタが、食料庫にいた知らない顔に声をかける。

「カヤネズミ」と相手はおとなしく答える。次いで乱入してきたオオヤマネコも、問い詰める。

「ちっ。どっから入ってきやがった」

「初めからいたの」

「密航かよ」

「そうとも言うみたい」

「どうりで食料の減り具合が早いと思ったぜ。まあおめえにもきっちり償ってもらうからな」

「どうやって？」と後ずさりするカヤネズミ。

「おやつとしてだよ」

追いかけっこが始まるが、カヤネズミは一目散に、隔壁の下側のちっぽけな穴ぼこに突入して難を逃れる。

「あーあ。なんだこの穴」

「不時着のときに開いたんだ」

「そこだけじゃないよ。大騒ぎであちこち壊れちゃって。修理しなくちゃ」とぶつくさつぶやくアルマジロ。

「おいアル公、おめえ黙ってさっさと直しときな」とオオヤマネコ。

「お断り」と丸まったままアルマジロ。

「なんだと」

「ぼく今度から、ただで修理するのやめたんだ」と表明するアルマジロ。

「どういうこった」

「壊しちゃった人が費用を負担することになった」と説明。

「負担だと？」とすごむオオヤマネコ。

「ぼく、帰ってからのこと考えると、お金がいるんだよ。なにしろ名士なんだから。宇宙飛行士になったのに、故郷にニシキを飾れないってやだからね。こんだけ貧乏だと」

「けっ。たいした心がけじゃねえか、アルマジロにしちゃ」

「ぼくがどうしたって？」と、天井近い送風管ダクトボックスの上からの声。

「べつにきみのことじゃないみたいだよ、ニシキヘビくん」とボノボ。

「そういやおめえ、なんにもしてねえな」とオオヤマネコも見上げる。

「いつも巻きついてるだけだよね」とツチブタ。

当のニシキヘビは眠たげに、

「バランス取ってるんだよ、船が落っこちないように」

「もう落っこちたんだっての、とっくに」

「え。もう落ちたって？」

「不時着とも言うがな。おめえが寝ぼけてるうちによ。だから降りてきな」

「ぼくは、ここでいいよ。何しろ暖かいからね」

「じゃあそこでいつまでもとぐろ巻いてやがれ。この役立たずが」

「そういえば、ここんとこだるくってさ」

「寝てばっかりだからそうなるんだよ」

「だるいですと？」病気の兆候に敏感なヤマネ医師が口をはさむ。「聞き捨てなりませんな」

すばやく送風管をよじ登ったヤマネ医師は、ニシキヘビの胸（と思われるあたり）に聴診器をあてがう。

「ふむむ。肝臓ジストマかもしれません。さもなければ夏カゼですな」

「どっちなんだよ」といらつくオオヤマネコ。

「どっちにも効くように、ビタミンAとアスコルビン酸を投与しときましょう」それからまたひとりごと。「だがなぁ。Cには利尿作用がありますからねぇ」

「なあ先生よ」とオオヤマネコ。「おれにもなんか処方してくれよ。Cでも何でも腹に効くやつをな」

「ビタミンC伝説はとうに崩れたのです」ヤマネ医師が首を振りながら、エピソードを披露する。

「ノーベル賞を取ったポーリング博士は、ガンを防ぐと信じて毎日大量のアスコルビン酸を摂ってたら、ガンになって死んでしまいました。返す返すも残念ですが」

「だからよ、ビタミン抜き、ツチブタ一匹って処方箋でいいってことよ」

コガネムシ船長が乗員たちを一喝する。

「静かにしたまえ。モニターがさっぱり見えないじゃないか」

「どうせさっきから真っ暗じゃないの」

「待機中なのだ。いつ画面が復活するかしれないからな」

「再起動してみたらどうだい？」とボノボ。

「修復ディスクを食べちゃったんだ、ツチブタのやつ」とアルマジロが言いつける。

「なめただけだのに」とツチブタが抗弁する。「それからかじってみただけだのに。端っこを、ほんのちょっと」

「ぶっ叩いてみたら？」

「ツチブタを？」

「じゃなくて、画面を。そうやったら直ったって。大昔のテレビってやつは」

「さっきオオヤマネコがやったよ」

そういえば、画面の上のほうに五つの爪型がくっきり。

「船内の器物損壊の罪は大きいぞ」とキャプテン。

「どうせ外側だってぶっ壊れちまってるんだ。おんなじことよ」

「やけにならないで」とアミメキリンが上からとりなす。

「やれやれ。アルマジロ第一技師、なんとかならんのかね」

「ソーラーパネルも落っこちちゃってるし、電源ないからムリ」とあっさりアルマジロ。

「予備はどうなの？」とアミメキリンが口をはさむ。「にょろにょろしたやつね」

「そっか。予備電源は生きてるはず」とアルマジロ。

「あれも非常食かと思ってたぜ」とオオヤマネコ。

「前に食べようと思ったけど、恐いからやめといたの」とツチブタが告白する。

そういえば予備電源として電気ウナギの水槽を積んでたことをみんなが思い出す。

「今こそきみの出番だ、ウナギくん」とボノボ。

モニターのそばに運ばれてきた水槽に、アルマジロがケーブルをつなぐ。中の電気ウナギにオオヤマネコがすかさず毒づく。思うさま罵りを浴びせかける。

「うねうねしやがって、この能なし野郎が」とかなんとか。

腹を立てたウナギはただちに放電を始め、通電成功。モニター画面が生き返る。

「アニマよアニマ。応答せよ」とキャプテンがさっそく、音声システムに呼びかける。返答なし。

「アニマはダウン中だね」

「パネルで検索したらどうかな。こんなときはどうしたらいいのか」とツチブタ。

「よろしい。いい案だ」とキャプテン。「ボノボくん、よろしく」

ボノボがタッチパネルに触れる。ぴっ。うぃん。

「レシピ」といきなりな画面表示。

「なんだレシピって」

「ツチブタ料理のか？」と身を乗り出すオオヤマネコ。

とたんに何万種類の料理レシピ画面が、猛烈な勢いでスクロールを始める。まるでスロットマシンみたいに。そしていきなりフリーズ。てこでも動かなくなる。と思ったら警報が鳴って、「この画面は乗っ取られた。動かしたければ一〇〇ドル振り込め」と脅迫文が出る。

「この野郎」

「それにしても、いったいどこなんだろ、ここ」

「知らない惑星だよ。ＧＰＳが効かないし」

「じつは地球だったたって映画、昔あったよな」

「ここは違うわ。地面がぴっかぴかの金色だし」とアミメキリン。

「え。それってもしかして、金？」とアルマジロが首を伸ばす。

「かもね。ひょっとしたら」

「引っぺがして売り払ったら、すごい値段だよ、きっと。メッキだとしても」

「それじゃ泥棒よ」

「空気はあるのかな」

「おめえが外に出て確かめてきな」とオオヤマネコ。

「だからハッチが開かないんだってば」

「秘密兵器使ったらどうだろ、このさい」とアルマジロが提案する。

「なんでそんなこと知ってるんだよ」

「みんな知ってるってば」

そう、秘密兵器が積み込まれていることは公然の秘密だった。けれど、装置を起動させる暗証番号は、もちろんキャプテンしか知らない。

「ねえキャプテン。もうこの際だからさ」

「いかんいかん」とにべもないキャプテン。「あれは、最後の最後のどん詰まりになって使うもの」

「でももしかして、今がそうかもねぇ。どん詰まりって」とニシキヘビ。

「起動したら、何がどうなるのかな、キャプテン」

「それは知らん。知らんが、えらいことになるのは間違いない」

「噂なんだけど」とアルマジロ。「秘密兵器ってスカンクらしいよ。一発食らったらみんな失神しちゃうってさ」

「こんな狭いとこだからねぇ」とツチブタ。

「それ、起動させるのはいかがなものかしらね」とアミメキリンが釘を刺す。

「そんなもんが何の役に立つってんだよ」とオオヤマネコ。

「みんなでいったん失神して、士気をリセット？」

「ふざけんな」

「スカンクじゃなかったかも」とあやふやな調子でアルマジロ。

「スカンクかそうでないかは、そのときでないとわからんのだ」と重々しくキャプテン。

「あ。きみの足、斑点がついてる」とアルマジロが出し抜けにツチブタを指す。さっそくヤマネ医師が駆けつけてくる。

「なんか、恐い病気じゃないかって思って」

「ふーむ。これはいけない。デング熱ですな。特有の斑紋が出ている」

「デング熱？」

「熱帯特有の伝染病だね」とボノボが教える。「致死率は低めだけど」

ツチブタは嬉しそうに、

「伝染病ってことは、もうだれにも食べられないってこと？」

ヤマネ医師はうなずいて、

「まれにデング出血熱に移行すると死んでしまいますよ。食べられはしなくとも」

「あー。ぼく死んじゃうんだ」

「だいじょうぶ、ビタミンAがあります」とヤマネ医師は薬箱を調べるが、見当たらない。

「おかしいな。すっかり切れてますぞ」

「ごめんね」とツチブタが告白する。「きのう食べちゃったの。栄養になると思って」

「きさま、なんていやしい野郎だ」とヤマネ医師に代って怒鳴りつけるオオヤマネコ。

「お腹、空いてたんだもん」

「うん？　ちょっと待って下さいよ」

ヤマネ医師がツチブタの足をさらりとこすったら、斑紋はぽろぽろとこぼれ落ちて消えてしまう。

「斑紋ではなく、垢がついていただけでした。デング熱ではなかったか」

「そっかー。よかったー。あ、でもやっぱり食べられるのか」

「とりあえずビタミン剤食っちまったぶん、返せよな」とオオヤマネコが凄む。

「ど、どうやって」

「おめえの肉でだよ」

またまた追いかけっこが始まりそうになったところへ、

「今観測してて見つけたんだけど」アミメキリンが口を開く。「向こうに看板が立ってるの」

「え」とツチブタ。

「何て書いてあるのさ」とアルマジロ。

「ええと……『ジョードへようこそ』って」

「ジョード？」

「なぁるほど」とボノボ。「不時着したのは、あの伝説の浄土だったわけか」

「何さ、ジョードって」

「極上の場所」とボノボ。

「空気はあんのかよ」とオオヤマネコ。

「空気どころか、水も食べ物もお楽しみも、いやっていうほどあるよ。おまけに怪我も病気もないしね。これ以上ないくらい快適な環境が整備されてるのが浄土なんだから」とボノボが詳しく解説する。

「すげー」

「てゆーか、思い出したけど、ぼくたちの目的地ってジョードじゃなかった？」とアルマジロ。

「うん。確かそう」とニシキヘビ。「ぼんやりと覚えてる。気がする」

そう、最初から最後までＡＩの自動操縦とはいえ、出発の際にスタッフが聞かされていた目的地は、「ジョード」だったのだ。プロジェクト・ジョードは「けものでも浄土に入れるか」というコンセプトで成り立っていた。西へ西へと地球を回ったあげく、その勢いでもって成層圏を脱し航行を続けてきたのだ。

「なあんだ。不時着はしたけど、結局ここでよかったんじゃん」

「怪我の功名ってね」とボノボ。「いや、アミダさまのお導きか」

「だけどぼくたちでも大丈夫なの？　けものでも」とアルマジロ。

「山川草木悉皆成仏っていうからね。あ、誰でもウエルカムって意味」と講釈を垂れるボノボ。

「それじゃなおさら早いとこ、ここから脱出しなくちゃ」

「目指せ、ジョード上陸っ」

「ぼくたち、ジョードクラブ結成しない？」とツチブタが提言する。「誰かが誰かを食べたりしないんだよ」

「非常食は黙ってろ」とオオヤマネコ。

「このメンバーの中で、絶対いらなくなる人がいるよ。だれでしょう」とツチブタが反撃する。

「ちっ。クイズのつもりかよ」

「ずばりそれは、オオヤマネコくんです」

「なんでだよ」

「用心棒はもう用なし。だってジョードは平和そのものなんだから」

「ふふん。じゃあ聞くけどよ、めしにだって不自由しねえんだろ。みんな満腹のジョードだからよ」

「そうかも」

「それじゃ」とオオヤマネコは腰を上げる。「非常食のおめえもいらねえってことだな。今ここで食っちまおうぜ」

「やめてよやめてよ。ぼく垢で汚れてるからまずいよ」

「気にしねえさ。スパイスってことでな」

やっぱり疾風怒濤の追っかけっこ再来。

「うー」とアミメキリンが目を閉じたまま、うめく。

「貧血気味ですね」とヤマネ医師。

「こないだからずうっとだわよね」

「離陸のときから圧力がかかって、血がみんな下がっちゃったんですね」

「だけどもう着陸してるのに」

「不時着ね」と言い直すアルマジロ。「ほとんど墜落っていうか」

「でもまだ血が昇りきらないんですよ。長い道のりなもので」とヤマネ医師の解説。

「今、どのへんなの？」とアミメキリンが今にも死にそうな声を出す。

「喉のあたり。もうちょっとの辛抱ですよ」と天井に鼻先のつかえている患者を見上げながら、ヤマネ医師は励ます。「ビタミンD一〇〇ミリグラム投与しときますから。それとアスコルビン酸を……いやいや、Cはやめとこう」

「宇宙飛行ってこんなに苦しいものだなんて。ほんとは来たくなかったんだ」

「ぼくだって」

「おれもさ」

「あーあ」

「ぼくもけっこう、お腹空いてきたな」と上からニシキヘビが口をはさむ。

「おめえは黙ってろ」とオオヤマネコ。

「情けないこと言ってないで、みんなしゃんとして。ほら、もうここジョードなんだから」とアミメキリンが自分を励ますみたいに言う。

「ジョードでもドジョーでも、外に出られねえなら始まらねえぜ」とオオヤマネコ。ひげがひくひく震えている。

「自律神経失調症ですね」とそれを目にしたヤマネ医師が診断を下す。「カルシウムとビタミンDを処方しときますから。Cは抜きにして」

オオヤマネコは聞こえないようこうつぶやく。

「ヤマネを一匹おやつに食ったら、治るってのに」

「あ。そういえばカヤネズミのやつ、穴から出てこないよ」

「逃げやがったんだよ。腹の足しにはなるかと思ったのによ」

「逃げたって、どこへさ」とアルマジロ。

「外だよ。ジョードへ」

「難破する船からいち早く脱出する、っていう話だからね。ネズミってやつは」とウンチクを垂れるボノボ。

みんなして、さっきカヤネズミの逃げ込んだ穴のまわりに集まる。

「このサイズだと、ヤマネ医師でもちょっと無理か。カヤネズミでなきゃキャプテンしか出られない、と」コメントするボノボ。「なんせ、カヤネズミはネズミ族で最小だからね」

「あれれ。そういえばキャプテンもいないぞ。いましがたモニターに貼りついてたと思ったら」

「ぼくなら、ここだけど」と上方からねぼけ声を出すニシキヘビ。

「だからおめえじゃねえよ」

キャプテンはさっきの騒ぎで滑り落ち、ぺちゃんこで虫の息になってることが判明する（わかりにくいのだが）。

「あーあ。殉職しちゃってるし」

「だれが踏みつぶしたんだろ」

「アフリカゾウかな」

「いないいない」

「でもきっとじき、ジョードに生まれ変わるんじゃないかな。ここがまさにそこなんだし」とボノボ。

「ちょっと待って」アルマジロが床のキャプテンに鼻先を近づける。「まだ生きてるみたい。え？　何？　みんなご苦労さん？　今さらいいのに、そんなこと」

メンバーたちをねぎらう一言を残して、ゴライアスオオツノコガネのキャプテンは息絶えた。

ヤマネ医師が念のため、マルチビタミン（Cも含む）溶液の中に浸してみたが無駄だった。

「もったいないから、食べちゃっていい？」とツチブタ。みんなちょっと引く。

「勝手にしな」

で、ツチブタはビタミン溶液したたる元キャプテンを、もぐもぐ食べてしまう。

「カロリーは微々たるものですが」とヤマネ医師のコメント。「ミネラルの補給にはなるでしょう」

「じゃあ今からぼくが、キャプテンを吸収した新キャプテンだ……キャプテンでいい？」とツチブタはおずおずと口にしてみた。どこからも反応なし。非常食はすっこんでろ、とかどやしつけかねないオオヤマネコは、うんちでも踏んづけたみたいな顔をしている。そこですくめていた首をもたげ、おおっぴらに宣言してみた。

「ぼくがキャプテン」

それでも何の反応も返ってこないので、ツチブタは一人芝居を始めた。

「あーきみきみ。そんなとこでしっこたれちゃいかん。でもCはまずいな。利尿作用がね。モニターの映りはどうなってるんだまったく。極楽浄土ってことだよ。GPSはいかれてるしね。うるせえや。さあ仕事仕事……故郷にニシキを飾らないと」

「ぼくなら、ここだよ」とニシキヘビが朦朧とした声を出す。

「ちょっと待って」とアルマジロ。「キャプテンがいなくなったってことは、秘密兵器も使えないってことだよね。例の」

「どこにあるのかもわかんないしね」

と、ダクトボックスに絡みついていたニシキヘビが、巻きをほどく。送風管を伝ってそろそろと降りてくる。

「あそこにいるのも、さすがに飽き飽きってわけか」とオオヤマネコ。

ニシキヘビはしばらくもそもそしていたかと思うと、体をたわめ、けっと何かを吐き出す。透明樹脂の容器に入ったリモコンだ。六ケタ対応の数字キーがついている。

「これ、暗証番号用だよ」とヘビ。

「なんの」

「秘密兵器の箱の」

メンバーたちは思わず黙り込んでしまう。

「じつはね」とニシキヘビがおもむろに告白する。「バランサーっていうのは仮の役目。ほんとは、秘密兵器を管理してたんだ」

「ど、どこに」

「あのダクトボックスが、それ」

ニシキヘビが巻きついていたボックスを見上げると、確かにEMERGENCYという文字がくっきりと。箱は送風管どうしをつなぐ位置にあって、白黒のツートンカラーで塗り分けられている。サイズはざっと、オオヤマネコが余裕で入るくらい。

「フィルタのボックスじゃなかったのね」とアミメキリン。

「中身は何なのさ」とアルマジロが訊ねる。

「知らないよ」とニシキヘビ。「守ってただけ」

「パンダが入ってるにしちゃ小せえな」とオオヤマネコ。

「秘密兵器って雰囲気じゃないよね」とアルマジロ。

「医療機器というたたずまいでもないですな」とヤマネ医師。

「仮装用のグッズが入ってると思う」とツチブタが言い出す。

「どんなだよ」

「お面とか」と口ごもるツチブタ。「気分転換に劇をしろって」

「忘年会シーズンじゃないのよ」とアミメキリン。

ボノボが送風管をするする登って、箱のそばまで行ってみる。もちろんロックされてて、叩こうが揺すぶろうが、六ケタの番号を入力しないことには開かない。

「ヘビくんは暗証番号なんか聞いてないよね？」とボノボが上から確かめる。

「知らないよ。守ってただけだから」と依然眠たげにニシキヘビ。

「じゃあ、どうしようもないか」

「ええと、穴のことなんだけど」気を取り直したツチブタが言い出す。「さっきカヤネズミくん外に出ていったんだよね」

「だからあいつはとっくにずらかったんだよ。このとろすけ」

「そのカヤネズミくんに助けてもらうの」

「密航者がなんでおれたちを助けるってんだ」

「ははあ」とボノボ。「助けてくれるかもね。だってここ、ジョードなんだから。みんなゆったりと満ち足りた気分でいて、人助けしたくもなるはず」

けれど連絡手段もないので話はボツになる。

「ねぇ、誰か暗証番号、キャプテンから聞いてない？」

「まさかな」

「順番にやってみるのは？」とツチブタ。

「六ケタってことは10の六乗だから、きっかり一〇〇万通りになるな」と、降りてきたボノボが暗算する。

「ご苦労なこった」オオヤマネコがツチブタに言う。「じゃあおめえやってみな。食われる前の記念によ」

「ちょっといい？」と床の上にとぐろを巻いたニシキヘビ。「さっきキャプテンが最後に、何か言ってたっけ？」

「みんなご苦労さんて」とアルマジロ。

「それかもしれないよ」

「えっ」

「なるほどねぇ」とヤマネ医師が感心する。「ダイイング・メッセージというやつですね。ミナゴクローサン、と」

「へっ。ひらめいたじゃねえか、ヘビにしちゃ」

ボノボがさっそく、三七五九六三、とリモコンに打ち込んでみる。とたんに、不時着のときに少々いびつになったらしい箱の蓋が、みしみしめりめり開き始める。

乗員たちはそろって息を呑み、頭上を仰ぐ。できる限り箱から遠ざかり、壁にへばりつく。もしもスカンクだったらどうしよう。

ついに蓋が開ききったようだ。そこから、薄ぼんやりした様子のけものがのっさりと顔を出す。

ハコの三方も開いて、全身がどーんとあらわになる。ミルキーホワイトとチャコールグレーのツートンカラー。

けものは無表情に、居並ぶメンバーを上から眺め下ろす。

「……あんな間抜けづらが秘密兵器かよ」とオオヤマネコの第一印象判断。「まあ、スカンクでなくてまだしもってか」

「でもなんか、体の色はおしゃれじゃない？」とアミメキリン。

「ぼく、バク」と相手は意に介さないふうに口を開いた。

「それって、あの夢食い伝説のバク？」と首を直角に曲げて問いかけるアルマジロ。

「そう。秘密兵器でもあるけど」

「ずうっと箱の中にいたの？」

「うん。眠りこけてたよ。いろんな夢を食べながらね。お腹はぱんぱん」

「へっ。食料がいらねえわけだ」

「よくぞもちましたねぇ。ビタミンもなしに」と感嘆するヤマネ医師。

「でも夢を食べてばっかりじゃ、糞詰まりになっちゃう。食べた夢を再編集して、現実を作るのもやってるんだ」

「感心しちゃうねー」とツチブタ。

「でもどういうこと？」とアルマジロ。

だんだんと目覚めの度合がくっきりしてきたらしく、バクはどんどん早口になる。

「つまりぼくはデフォールタさ。船内のすべてを巻き戻すんだ。不時着前の状態にね。ロケット本体と、今ここにいるメンバーのすべてを」

呆然と固まりだしたメンバーたちの前で、バクはまくしたてる。

「準備はいい？　よくはないか。そうだよね。だけどもうやっちゃうよ。起動しちゃったからにはね。いくよ」


「順調に航行中。注意は怠らないこと」とツチブタ。

「何が悲しくて、こんなうまそうなやつがキャプテンなんだよ」とオオヤマネコ。

「国連の事務総長は弱い国から出すのが決まりだって、知ってた？」とボノボがきいたふうな解説を加える。「安保理事国なんかはダメなんだよ。ツチブタくんがキャプテンなのは、ツチブタくんより押しが強いキャプテンだとけんかになるからさ」

「めーるガ届イテイマス」と音声システムのアニマ。

「読んでくれたまえ」

「デハ読ミ上ゲマス。その節は迷惑かけちゃってごめんなさい。ここはめっちゃいいところです。うんとまったり過ごしてます。船の中と違って。(^_^;)。てへ。アミダさまは超いい人だし、ネットも使い放題だし。みなさんもすぐそばにいると思うので、待ってますよ。おわびのしるしに案内しちゃいますから。＼(^o^)／」

「何のことだ。意味わかんねえな。誰からだよ」

「ええと、送信者はカヤネズミ、と」と画面に目をやってボノボ。

「そんな知り合い、いたっけ?」とアルマジロ。

「いないいない」てきぱきとツチブタキャプテンの指示。「間違いだね。アニマよ、迷惑メールに放り込んどいて」

「了解シマシタ」


（終）

苦い肉

「部分はどこだ」という、巨獣《メガビースト》のだみ声が響きわたった。「おれの部分をよこせ」

それまで鳴りを潜めていた巨獣は不意に怒髪天を衝く憤激に駆られ、目や耳、牙、そして心臓を探し回り始めたのだ。けものたちはいっせいに縮み上がった。

あまりにも気まぐれで凶暴だった巨獣は神（注）によってその力を削がれ、重要なパーツを取り上げられて地中深く埋められ、そのいちいちに見張りがつけられたのだった。すべてが揃わないことには、あの恐ろしい力を発揮することができない。

なぜ神は、ひと思いに巨獣を葬り去ってしまわなかったのだろう。巨獣がいつか発揮するかもしれない、底知れぬ力が惜しかったのだ。それが善なる力に転化すれば、世界の秩序を保つのにこれほどうってつけの存在もなかろう、と。

巨獣は番をしていたコヨーテを叩き殺し、埋まっていた目を取り戻した。

次にジャッカルを締め殺し、耳を奪い返した。

そしてリカオンを二つに引き裂いて、牙を取り返した。

あとは心臓。巨獣の心臓は地の下でもどくんどくん脈打ち、あるじの帰還に備えていた。番をしていたのはオオカミだったが、一瞬のうちに捻り潰された。並べた象牙さながらの鈎爪で掘りだした心臓は泥が払われ、巨獣の胸元にしっかりと収まった。

元の力を首尾よく取り戻した巨獣は、さっそくとばかり荒野の真ん中に出向いた。巨獣は鋭い直感をも備えていた。あそこに神は潜んでいる。そこで雲の垂れ籠める天を見上げ、咆哮した。気の済むまで神を呪う罵りを吐き続けたのだ。地は身震いするように鳴動し、大気は熱を帯びて嵐をはらむようだった。おれのこの黄金の毛皮を目に焼きつけておけ。いずれは自身が神に成り代って君臨するのだ、と巨獣は当然のことのように思っていた。

はるかに遠巻きにしていたけものたちは、魔法にかかったようにその場を動けない。魅入られてしまったのだ、巨獣の呪詛の言葉に。口から矢継ぎ早に出てくるあの音声、吠え声でも唸り声でもない、あれはいったい何なのか。

「この前は油断して力を封じられた。今度はそうはいかねえぞ。勝負だ、出てこい」と巨獣は牙をぎらつかせ、天に向かって吠え立てる。神はそれを見下ろしながら、ひとりごちる。

「やれやれ。反逆心というのは、治まることはないものよ。捨て置けば、この巨獣はあらゆるけものの災厄となるほかないいて」

「隠れてやがるのか。そこから引きずり下ろしてくれるわ」

あたりは、滝木が思い出したようにぼそりぼそり茂るだけの荒涼とした大地で、代りに至るところ、ごつごつした大岩が転がったり埋まったりしていた。巨獣はクロサイほどもある一つを取り上げると、砲丸投げの要領で天に放り上げた。岩は雲を突き抜けて神の立つ向こう側を通り、再び地へと落ちてきて、地響きとともに半ば大地に埋まった。それを苦もなく繰り返すうち、岩は次第に神のそばを掠めるようになった。

神はやむなく、これほどにも傲慢不遜な巨獣を亡きものにするほかなかった。大嵐や地割れを起せば、ほかのけものたちにも大害が及ぶ。

そこで神は、目も痛むほどに一帯を輝かせる、雷電の一撃を放った。

防ぎようもなかった。それを頭から受け、全身を覆う分厚い金色の毛皮の上から下まで、ひび割れのように焼け跡が走った。次の瞬間、巨獣はのろのろと地に倒れ伏した。その衝撃で湖の水は溢れ、あたりの樹木は根こそぎにされて倒れた。虫の息の巨獣は、「飛び道具を使いやがって――」と呟いたかと思うと、ほどなくこと切れた。折から降りだした雨が、横たわった巨獣の体をきれいに洗い清めた。

雨が止むのを見計らって、けものたちが三々五々、集まってきた。最初は恐る恐る、腫れものに触るように。ジャガーが足音を殺して近づくと、思いきって巨獣の尾の先にかぶりついてみた。巨獣はぴくりともしない。で、安堵したけものたちの饗宴があちこちで始まったのだ。

肉には苦みが濃かったのだが、これほどにも豪勢な食べ放題の食事にありつけることは、めったにない。けものたちはときおり顔をしかめたり唾を吐いたりしながらも、最後には巨獣の胴体をすべて片づけたのだった。けものというけもの――むろんのこと肉食の者たちだが――が勢ぞろいしたとはいえ、ちょっとした丘のようなサイズの巨躯だったので、全身が食べ尽くされるまでに七日七晩かかった。だいいち最初に、全身をくまなく覆う厚ぼったい毛皮を引き裂くだけでも、けもの衆全員が寄ってたかって丸一日かかったくらいなのだ。あばら骨にこびりついた肉片は、コンドルどもがきれいに掃除した。後には白い骨の群れだけが墓標のように残り、巨獣が暴れた名残をいつまでもそこにとどめていた。

さて、巨獣が神の一撃であっけなく倒れたにもかかわらず、けものたちは巨獣の吐き出し続けていた、聞いたこともないあの音声が気になってしょうがない。あれは確かに、天とやりとりをしていたようなのだ。しまいに天をあれほど怒らせたではないか。

漠然とした憧れは、いまや疫病のように蔓延していた。

言葉を話さないけものたちは、天を振り仰いで口々に巨獣の口まねをする。

「ぐるごろごろ、ごがっ。ぎっぎっ。ぐわっ」

「そうか。言葉がほしいと言うか」それを目にした神は、独り言を言った。「苦い肉を食って、反逆を始めたくなったか」

けものたちはいま、巨獣の骨のまわりを取り囲んだり、あばら骨や腰骨の上によじ登ったりして、てんでに期待を込めたまなざしで天を見つめていた。

「おまえたちには目も耳も尾もある。顔の表情も、身構えも使える。それで何かを伝え合うには十分ではないか」と神は呟いた。

けれどけものたちは、いつまでもその場を動こうとしない。

神はそのさまを長いこと眺め下ろしていたが、とうとう試行錯誤の実験に踏み切ることにした。

試行錯誤？　結果はことごとくお見通しではないのか？——そのとおり。神は敢えてその能力を封印して、結果の見えないゲームに興ずることを好んでいたのだ。

「おまえたちの願いを叶えることにしよう。だが肉食獣だけではない、草食獣もすべて含めて、言葉をもたらそう。それが平等というもの」


言葉によって、けものたちの心には神が宿った。言葉が神を生み出すためだ。とはいえ、神という存在の位置づけはまだけものたちにとって曖昧模糊としており、その神を崇める者もいれば、せせら笑う者もいた。

騙し討ち、約束と反古、やっかみ、過剰な争いが横行し始めた。強靭な牙や素早い身ごなしではなく、言葉を巧みに使いこなせるかどうかが徐々にものを言うようになった。目端の利くけものたちはすぐ、言葉によって相手を丸めこむ技術の貴重さに気づいたのだった。

何よりも、けものたちはばらばらに、個々のけものになったのだ。そして免れえない災いのようにして、死が見舞ってくるようにもなった。それまでは死のことなど思ってもみなかったのに。けものたちは、すべての終わりであるめいめいの死に脅かされるようになったわけだ。死に捕えられるのを怖れるあまり、自ら命を絶つ者さえ現れた。

そしてもう、逆戻りはできなかった。

（注）ここでいう神とは、形而上的な唯一絶対神ではなくて、ギリシャ／ローマ神話、あるいは日本古来の神話のカミガミのような、いわゆる階層神である。生れたり滅ぼされたりもし、人間をはる

かに超える異能を持ちながら、その行動様式は極めて人間くさいのが常だ。

（終）

アニマティカ・フランティカⅡ

すでに夜中過ぎ、月が煌々と広場の惨状を照らしている。

カーニヴァルが果てて、力尽きたけものどもはてんでんばらばら、地に倒れ伏していた。ダチョウやエミューの羽は折れ曲がり、グリズリーの腹は背中とくっつき、アミメキリンは右後肢を骨折していた。鼻の詰まったコビトカバは、延々くしゃみを繰り返していた。オオアリクイはちぎれたしっぽを探して泣きながら徘徊していた。けものたちにとって、カーニヴァルは苦行そのものであり、ひたすら天に捧げるだけのものだった。お楽しみ会では決してないのだ。

ところが、下賜されたものは何もなかった。骨折り損のくたびれ儲け。けものたちの奮闘ぶりは誰にも届かなかったらしい。

やってらんねえわ、とただでさえ飽きっぽいピューマが、うんざり顔で欠伸する。ピューマの優雅な橙色の毛皮からは艶が失せ、ところどころ深い皺が寄っている。

出し抜けに天から、くたびれ果てた者たちへと呼びかけがあった。

「お前たち、呪われたけものたちよ、思い煩い期待と欲望の虜《とりこ》になりおって。そうしたものに引きずり回されるのはさぞ苦しかろうな。楽にしてやろうでないか」

何をくれるの、何を何を、とすぐさまシマウマたちが、折り重なるようにして群れ騒ぐ。

「望みを叶えるのは果てもないこと。永遠に収まりのつかぬことよ」と声は続いた。

だから何をくれるっていうんだよ、と苛立つジャガー。

「与えるのではなく、取り去るのだ」というのが、最後に下りてきた一言だった。

轟音がとどろき、まばゆい光がけものたちを包み込んだ。

次の瞬間、けものたちの顔から表情らしいものが失せた。みな口をつぐみ、沈黙だけがあたりを支配した。軽い唸りやいっときの鳴き声だけがその間を埋めた。

唯一巨大ゾウだけは違った。あまりの巨躯のために、天の威令がその神経に届ききるまでに時間差があったのだ。

何のことだ。いったい何を抜かす。

ゾウはわけのわからない怒りに駆られて、思わず雄叫びを上げた。

そしてゾウの眉間には、大地溝帯なみの縦皺が二本刻まれる。こうなるともう誰にも手がつけられはしない。ゾウはクレーン並みの鼻を振り回し、鉱山仕様ブルドーザ並みの胴でもって体当りし、破壊に次ぐ破壊劇を繰り広げた。ゾウはパラノイドだった。破壊衝動は行くところまで突き進まないと止まらない。ドラム缶の太さの足を踏み鳴らし、瓦礫の山を地べたに擦り込むように徹底的に潰して、すっかり平らにしてしまった。やり残しがないかあたり一帯をひとわたり睨めつけてから、おもむろに心臓発作を起して倒れた。土煙が竜巻のように立ち上り、横倒しのゾウの体を押し隠した。

「すべてよし」という呟きが天からこぼれ落ちた。「熱を取り去る冷却期間を設けよう」

あたりはいっとき、深海の底みたいに冷え冷えと静まり返った。

けものたちは種族ごとにてんでに身を寄せあいながら、カーニヴァル広場を出る。三々五々、ひそやかに散っていく。もはや未来永劫、言葉を使うことはない。

がらんとなったかつてのカーニヴァル場に漆黒の雪が降り積み、何もかも覆い隠した。目を凝らしても、見えるのは年増女の寝そべっているような稜線のみ。月は土気色の半月になったかと思うとはや三日月に痩せて目を細める仕儀。いつか大鴉が、出し抜けにたわんだ塔のてっぺんで馬鹿笑いすると、じりじりとよじ登ってきた夜明けの太陽に黒いひびが入った。

（了）

ライノクラスの終らない一日

教室はどこもかしこも純白だった。ピザ生地なみの厚みに塗りたくられたペンキの層の下には、何重にもラクガキが埋まってる。しこたま白くして明るい雰囲気で学校生活を、という先生たちの意見だった。こげ茶にして落ち着いた雰囲気で、と控えめに主張する先生——たとえば昔話しかしないムカシ先生とか——もいたものの、職員会議で敗れ去ったのだ。

がらんとした教室のまんなかには、どでかい動物が一頭、身じろぎひとつしないで腹ばいになっている。ちょっと見には彫像みたいだ。体の色は、夜明け前の地平線みたいな曖昧な灰色。

机は九つしかないから、この動物がたいして邪魔になることはない。学年ばらばらの生徒は一一人いるけど、全員が揃うってことはない。うち二人は一度も登校してないのだし。

教室には二人の先生がいる。担任と副担任。ウルトラ先生は黒板の前に立ち、スーパー先生はみんなの背後で手持ち無沙汰に両手をぶらぶらさせている。ウルトラ先生は黒いスーツに白のワイシャツ、チャコールグレイの無地のネクタイだ。どこにも皺ひとつないし、スラックスには手の切れそうなほどきっちりプレスがかかってる。非の打ちどころなしってやつだ。髪は真ん中分け。スーパー先生のほうはジーンズのキュロットスカートに真紅のブラウス、ピンクのカーディガン。燦然と輝くジルコン（たぶん）のイアリング。それでも、目尻の小皺と喉のたるみは隠せない。今まで生き残ってきた勲章だ。

「みなさん。今日から一緒に勉強する、新しいお友達です」とウルトラ先生がサイを紹介する。

「タンザニアからはるばるやって来たきたんです」

「お友達って決まってないじゃん。まだ」とすかさず叫ぶショージ。

「タンザニアってどこ？」とトトミが隣のレイラにおずおずと訊ねる。

「動物園じゃねえぞ」とケンジローが軽くすごむ。

「なんかくっさーいんだけど」とレイラが言いつのる。

「もしかしてALTとかのつもり？」と早口マナが疑問を口にする。

「時給安いの聞いてる？」と早口ミナがサイに向かって忠告する。

ウルトラ先生はかしましい声をきっぱり無視して、黒板に蛍光チョークでこう書いた。

頼野《らいの》　世良介《せらすけ》　くん

「セラスケ、だって」

「だっせー名前」

「セラスケくんは、シロサイです。シロサイといっても、クロサイよりはちょっと白いだけですけどね。それから、セラスケくんのツノは狙われています。みんなで守ってあげてね」と、ウルトラ先生は一気に説明完了。

何でも一撃でやっつけてしまいそうな立派なツノが、危険にさらされてるって。そう、いちばんの強みに見えるものが、じつは弱点なのだった。

余計な質問が出ないように、ウルトラ先生はごく手短にしめくくる。

「というわけで、みなさんうんと仲良くしてあげて下さい。ほんとに仲良く。決してイ……のつくものなんかがないようにね」

「イって何ですかぁー」とショージが声を上げる。

「わかってるくせに。とてもいけないことです」とウルトラ先生は独り言みたいに答えると、生徒たちのほうをいちおうちらっと見渡す。「……わかった人は手を挙げて！」

トトミだけがためらいがちに手を挙げかける。でもすぐに下ろしてしまう。他全員が先生を無視してるからだ。全員あらためてそのばかでかい動物を見つめている。家の中になだれ込んできた土石流のカタマリみたいな、そのサイズ。

ウルトラ先生は、転入生の巨体に気を取られている生徒たちにぼんやりと目線を泳がせる。

授業は一五分間超集中型だ。大脳生理学的には、子供の集中力はそれくらいが限度なんだそうだ。それに先生だって頻繁なチャージを必要としている。積み重ねると月に届くほどの量の書類を書かされるのだ。授業の合間に、または放課後に。不断の地道な自己管理こそが指導力向上につながる！　のだし。だけどほんとはＰＹＰ（プライマリー・イヤーズ・プログラム）、生徒のことが嫌いなのかもしれない。

ああ。生徒なんていなければ。生徒さえいなければ完璧無比の授業ができるだろうに。いやせめて、センセーのふりをしてる間、みんながちゃんとセートのふりをしててくれさえすればいいのに。

「ということで、センセーはいなくなります。バイバイだよーん」と出し抜けに宣言すると、ウルトラ先生は名簿を閉じて小脇に抱え、教壇を離れる。戸口に向かってどんどん遠ざかる。

「待ってってばセンセー」とショージが嬉しそうに呼びかけてみる。

その声に、尻に火がついたみたいにウルトラ先生は教室を飛び出していく。教室の中にいるエネルギーといったら一五分しかもたないし、その一五分間のためにさえ果てしない充電がいる。おしっこでも洩らしそうな具合に、ウルトラ先生は猛スピードでトイレに直行する。一息つく職員室はないのだ。半透明の衝立で仕切られた職員コーナーがあるだけ。生徒と先生を権威の壁でもって隔ててはいけないので。

「セラスケ、校庭に出してみる？」

「だめだよ。出たらツノを取られちゃうって」

教室の後ろではスーパー先生もそわそわし始めている。耳たぶにぶら下がったジルコンもやけに揺れてる。セラスケの紹介のときからもう、三〇回ばかりも腕時計に目をやってるのだ。午後二時少し前。スーパー先生のいちばんお気に入りの時刻だ。

「ほらほら」とマナがささやく。

「来た来た」とミナがつぶやく。

なんだかブラックホールめいたセラスケを真ん中にして、生徒たちは放射状に並んでいる。

ぼしゅっ！　セラスケが蒸気機関ふうのため息をもらす。みんな揃って一歩後ずさりする。魅入られたユメトを除いては。ユメトはこのどでかい動物をまじまじと見つめている。

「なーんかますますサイくさくない？」とレイラが言うと、ショージは仰向いてくんくん鼻を鳴らしてみせる。

「やんなっちゃう。だれが世話すんのよ」

（ぼくがする！）とユメトがきっぱり宣言する。けれど誰にも聞えない。そりゃ、心の中で宣言しても。

「交代でするんじゃない……？」と小声でトトミ。

「あたし、やだからね」とレイラはきっぱり告げる。

（ぼくひとりでする！）とユメトは叫ぶ。だけどだれにも聞き取れない。

「いったいどうすんの、先生」とレイラはスーパー先生のほうを振り向く。

「それはみんなで決めなくちゃね」とスーパー先生。「静かに、仲良く、公平にね」

（ぼくがひとりでするってば！）とユメトが呻く。それでもだれにも声は届かない。

「じゃんけんは？」とショージが提案する。「五回戦で決めれば公平じゃん」

スーパー先生はセラスケのほうに上の空で目をやる。ショージはチョーク箱へと走り、黒板に対戦表を書き始める。

「じゃんけんとかじゃなくって……ちゃんと話し合ってから……」とスーパー先生はおずおずと

たしなめる。

そのとたん、ぶわしっ！　とセラスケが蒸気機関の爆発したみたいなくしゃみをする。チョークの粉でも吸い込んだらしい。トトミはびっくりして硬直し、涙ぐむ。全員三歩後退する。ユメトを除いては。だから最初は陰に隠れてたユメトが、今はいちばんセラスケに近いところにいる。

「早くじゃんけんだっ」とショージが叫び、じゃんけんが始まる。

「レイラちゃん、あなたまとめて！」とスーパー先生はレイラに促す。

「何くれるの？」とレイラ。

「そうね……iTunesのカードで手を打って」

「一〇〇〇円分？」

「五〇〇円分だけど」

「じゃあやだ」

スーパー先生が深々とため息をついてる間に、じゃんけん大会が盛り上がってしまう。

「ね、聞いて聞いて」スーパー先生は騒ぎを鎮めようと切札を出す。「センセーはね、アルファ・ケンタウリ星人にさらわれたことがあるの。だいぶん前だけど」

「出たね」とマナ。

「お約束」とミナ。

「そして、ＵＦＯの中で手術されちゃったの」

「うそだーい」とショージが乗っかってくる。

「証拠、見せたげよっか」スーパー先生はブラウスをめくり上げる。「ほらほら、そのときの傷」

「何の手術だっけー」

「波動の機械を埋め込まれちゃったんだから。……いけないこと、しないでいられないよ。わかるでしょ？　ね？　センセーのせいじゃないの」

「また手術して取っちゃったら？」

「無理なの」と吐息。「目に見えない機械なんだから。アルファ・ケンタウリ星人のテクノロジーったら、すごいの。けっこういい男だったし」

「いい男って……エイリアンが？」

スーパー先生はうっとりとうなずく。

「でも、なんでいい男がそんな機械埋めるわけー？」とショージが突っ込む。

スーパー先生は我に返る。

「それはコドモにはむつかしい話」

「どーゆーこと、それ？」

「あのぅ。そいじゃ……またね。またあとで」と言うとスーパーは、足早に教室を出て行ってしまう。スーパーはスーパーに出かけるのが大好きなのだ。しかも、商品を無断でいただいてくるのが生きがい。万引き波動装置がちゃんと働いてるわけだ。

「あ。待って」とマナ。「センセーなんだからちゃんと授業しなくちゃ」

「う。待って」とミナ。「副担任なんだからちゃんとシドーカントクしなくちゃ」

たたみかけられて、スーパーのイアリングは痙攣するみたいに揺れる。

「じゅ・授業は、大丈夫なんでしょうかっ」とヨシムラが、両手の握りこぶしを震わせて声を絞り出す。

「もう先生を責めないで！」と虚空に向かって言い残しつつ、スーパーはとうとう出て行ってしまう。マナとミナが後を追って教室を出る。ついていくと、収穫のうちからリップクリームなんかをくれることがあるのだ。

「ちぇっ。あたしたちも出よ。やってらんない」と先に立つレイラに、トトミが離れないようくっついていく。ショージがすかさずその後に続く。

「い・い・いつもこうだ……」

ヨシムラはわなわなと憤りに震えながら立ち尽している……かと思ったら、ダムが決壊するみたいにして鼻血が吹き出す。

「うう。来たー」とヨシムラは鼻をつまんで仰向く。その首筋に、いったん戻ったショージがジャンプしざまチョップを入れる（ヨシムラは身長一六五センチなのだ）。鼻血が出なければもう一〇〇回は脳溢血になってたろう。念のため、ヨシムラは低気圧接近に注意を払うペンギンみたいに天井を向きながら、そろそろと教室を出てトイレへ。

まだだれも知らなかったものの、グレーの運搬ドローンが高度三〇メートルを飛んで、校舎に向かっていた。搭載した爆弾が校長室を直撃することになっている。ここを卒業したひきこもりの兵器オタク、シンヤのお礼参りだ。シンヤは武器コレクター、アーミー先生のライバルで、校長がＡＩのアンドロイドというのが在校時から許せなかった。何が「コウチョウトイッテモナバカリデ、タダノオカザリデスヨ。カッカッカッ（笑）」だ（手持ちのジョークらしい）。ふざけんなって。今のうちにこんなものは破壊してしまって、学校の未来を救うのだ。——と、伝説の名画『ターミネーター』シリーズにとりつかれている。

一人離れて壁に寄りかかっていたケンジローは、サイに一瞥をくれる。それから突っ立ったまま、この巨大動物に見とれているユメトに向かって言う。

「こいつが気に入ったってわけか？」

ユメトは何も耳に入らない。

「……らしいな。苦労することになるぜ。いずれ」

（きみって、大きいねぇ）とユメトは、ためらいがちにセラスケに話しかける。ユメトは口がきけない代りに、テレパシー（たぶん）を使えるのだ。だれにでももってわけじゃないが。セラスケはまるでハルマゲドンを覚悟してでもいるふうに、顎を床につけたままでいる。〝開かれた校長室〟の壁にかかってるゴーギャンの絵、『Nevermore』さながら。

（そうかな）とセラスケが右の耳をぴくりと動かす。

（そう）ユメトはうなずく。（ぼくこんなに大きい動物って、見たことない……）

（そいつはよかった）とセラスケは満足げに、野太いため息を洩らす。ユメトときたらとにかく、どでかい動物に弱いのだ。いつだったか学習図鑑で、シロナガスクジラと漁師だの漁船だのとの大きさ比べの図を見た。そしてほとんどおもらしをしそうになった。ユメトの未体験世界はあまりにも広大だ。ユメトのたった一つの夢といったら、サファリパーク探訪だった。ほんとはサバンナでゾウの群れに混ざって泥浴びするのが夢なんだけど、それは思い描くと胸が苦しくなるほど遠い夢だったので。でもラゴス駐在の父親をボコ・ハラムの自爆テロで失ってからというもの、母親は家にこもりきり。ユメトを動物園にさえ連れて行ってくれる人はいないのだ。そこでユメトの尊敬と賛嘆を、セラスケは一手に独占することになる。たぶん、アフリカゾウか恐竜がやってくる時まで。

ユメトがセラスケのそばにぴたりと吸い寄せられるのに、時間はかからなかった。

友達になれるかも、という予感に打ち震えながら、ユメトはしゃがみ込む。

夢見心地で、手のひらをセラスケの分厚い脇腹に押し当てる。手の込んだ骨董品にでも触れるみたいに。

というわけで、教室の一角は当面ユメトだけのものになる。ユメトはセラスケの脇腹に背中をくっつけてじっと坐ってる。それがお気に入りなのだし、そんなときにはだれがちょっかいを出しても、頑として動かなかった。まるでセラスケと一心同体。

クラスメイトたちはおいおい戻ってくる。

「アルファ波出ちゃってるよ」とユメトを見たマナが評する。

「集中力ついたんじゃない？」とミナのコメント。

「勉強に使えるよね」

「じゃユメト、セラスケ眺めて勉強すればいいよ」

「分数の足し算できるようになるかもね」

「でもやっぱり無理じゃない？」

「セラスケのほう見つめてばっかりだから？」

「そゆこと」

セラスケの言葉はユメトにだけわかる。とユメトは思い込んでる。ずっと思い込んでたらリアルにそうなる。かもしれないし。

セラスケは昼間、もっぱらうつらうつらしている。

（どうして夜に眠らないの）とユメトはおずおずと訊ねる。

（不眠症ってやつかな）セラスケは答える。（外を見張ってなくちゃならないからね）

（外……）

外ではいろんなことが起ってる。どんどんぱちぱち。ひゅんひゅんくるくる。ぎったんばったん。テロも紛争も。虐待も。宗派対立も。財政赤字も。ストーカーも。コミケも。ＮＰＯのボランティアも。独裁も。ポピュリズムも。旱魃も洪水も。おまけに、ひたすら学校目指してるドローン。でもここじゃいちばんの懸案は、セラスケを追ってきたツノハンターどもだ。そこいらじゅうをうろついてて、しかもどんどん数が増えていく気配。密猟者はなめてるのだ。この国には監視レンジャーとの銃撃戦なんてないし。

「ハンターはセラスケのツノ、どうやって取るんだろ」とショージ。

「射殺」とあっさりケンジロー。

「うっわー」

「殺せば安全に取れるだろ」

「ツノハンターってどんなやつだよー」

「しょうがねえな。描いてやるか」とケンジロー。ケンジローは意外と器用なのだ。絵だってけっこううまいし、壊れたシャーペンだってささっと直してしまう。だけどそのことは指摘されたくない。カッコ悪いと思って。父親が「〝不器用〟な高倉健のファンだからかもしれない。

ハンターのイラストが、黒板の上にできあがった。荒々しくてしつこそうで、いまいましさ満載。もちろんライフルをこっちに向けて構えている。

「これがハンターってやつ」

と、セラスケの両耳がぱたぱたと動く。右前足が持ち上がり、左足がもたげられ、セラスケはのろのろと立ち上がった。ユメト以外、いっせいに後ずさりする。と、次の瞬間、セラスケは出し抜けに黒板めがけて突進、激突。黒板消しは天井まで吹っ飛び、チョークの粉が火山灰みたいに舞う。

「げほげほっ。セラスケやっべー」とショージ。

黒板のツノハンターは、どてっ腹をぶち抜かれる形で粉砕されている。一同セラスケの底力に息を呑む。ユメトは歓喜のあまり失神寸前になる。セラスケは気が済んだのか、また定位置に戻って悠然と腰を下ろす。

（ね、ね、セラスケのすごさ、わかった？）

先っぽにチョークの粉がつき、ちょっとひしゃげたセラスケのツノ。その形をじろじろ見て、マナがお告げみたいに言う。

「これは故郷に帰る、っていう予言」

「なんでだよー」とショージ。

「この形は、雪をかぶったキリマンジャロ」とミナ。

でも、アフリカに帰ったってきっと、苦労は続くのだ。今どきのマサイ族はGPS機能付きのスマホ端末で、ライオンの位置情報をやりとりするっていう。仕留めるのは槍でも。セラスケだって、ハイテク機器のおかげでずいぶんと密猟者に見つけられやすくなっているわけだ。

ユメトはそんな事情はお構いなしに感激している。

（そっか。本気を出すと、すごいんだ。もしかしてセラスケは、セラスケは、……世界が壊れるのを防いでるんだねぇ。こんなに大きいんだから）

（ぼくが守ってるのは、ツノだけど）と面食らうセラスケ。（それに世界中が、とっくにがたぴしだし）

それでもすっかり感心してしまってるユメトの耳には入らない。

（すごいや。セラスケって、でっかい見張り番なんだ）

（いや。あの）

ユメトの思いはさらに高まる。

（セラスケがいなかったら、世界がだめになっちゃうんだねぇ）

（……まあ、それほどでも）

こうしてセラスケは、ユメトの畏敬の念をますます一身に集めることになるのだった。

「セラスケ、危ないやつよねー」とレイラの批評。

（セラスケは、ハンターやっつける練習をしただけ）とユメトが抗議する。


いつも使ってる教室は二つだけど、空いてる室がいくつもある。

「なんで学校って、こんなに空き部屋だらけなわけ？」

「決まってるじゃん。生徒がどんどん減っちゃったからだよ」

「どうして」

「コドモはやたらお金がかかるんだって。コスパ悪いって。パパが言ってた」とマナ。

「コドモはなんかたいへんなんだって。メンタル面で。ママが言ってた」とミナ。

「つまり嫌になったんだろ」とケンジロー。

「てゆーか、恐くなったのよ、たぶん」とレイラ。

「おれたちさ、地球最後のコドモだったらどーする？」とショージ。

「どうもしねえよ」とケンジロー。

そして、保健室は数えきれないくらい——たぶん一〇八くらいは——ある。避難場所がいやってほどなかったら、やっていけない。おねえさんの待機してる第一保健室——通称オモテ保健室——と、噂だけの第二保健室——通称ウラ保健室——。そしてだれでもこっそり使える自由保健室。そのほとんどは、もともとただの空き教室だった。コドモが溢れ返ってた時代にやたら増築。迷路じみてるけど、遊園地の迷路じゃなくてガチのやつだ。ほんとに迷っちゃったら戻ってこれないこともあるほど。じっさい、ルリカとリュータって子が二人して、ずっと行方不明になってるくらいなんだから。警察と消防の人たちは「二次遭難が出るといけない」とか言って捜索を打ち切ってしまった。あ、でも二人はもしかして、エイリアンに拉致されたのだったかもしれない。

初め、強烈なパワーを見せつけたセラスケにはだれも手を出さなかった。特に、寝起きのセラスケはものすごく機嫌が悪いのだ。一度ショージが、ツノの先に脱いだ靴下をかぶせてみた。するセラスケは思いきり頭を振り上げたので、ショージは衝突実験のダミー人形みたいに天井近くまで飛ばされた。それから床に落下して、レイラがびんたをかますまで気絶していた。そのあとはだれも近づけなくて、セラスケのツノは黄色のコットンソックスを履きっぱなしだった（落ち着いてから、ユメトが涙ながらに脱がした）。でも近頃は環境になじんできたようで、けっこうおとなしくしている。機嫌は悪くない。陽気ってわけじゃないにしても。ちなみにショージの両肘と尻は、打ち身で藍色に。またまた当分消えない名誉の傷が増えたことになる。もっとも、うなじの縫い傷はワニに咬まれたやつだっていうし、すねの深い傷はヤクザの抗争に巻き込まれた時のだっていうし、つむじの脇のは墜落した人工衛星の破片に当たった跡だっていうし、もう何がなんだか、だれも感心しなくなってるけど。

(ね、どうして、ここにいるの) とユメトはセラスケにあらためて問いかける。

(ひどいところから、脱出してきたんだ)

(ボウメイしてきたの?)

(そう。ボウメイって言葉、よく知ってたねえ)

ユメトが難しいことを言って、セラスケにほめられる。セラスケだって、おととい知ったばかりなんだけど。


国語の時間。担当はNG先生。NG先生はジャコメッティの塑像みたいに痩せている、一人暮しの新規採用の先生だ。あだ名は〝ナイチャッテゴメン〟って意味。登場初日に教壇で号泣して、「ごめんね」と涙を拭うと「ほほえみ返しっ」と強引にスマイルを作りながら出ていってしまったから。

NGは黒板の大穴が見えないふりをして、そのまわりに板書をする。メンドくさいことになるに決まってるので。

国語の課題は、短いお話を作るってやつだった。メルヘン創作。ショージがすぐさま書き上げる。

みんなでなかよく、サイをいっぴきまるごとぶつ切りにしました。そして深鍋に入れてぐつぐつ煮込みました。三時間たったら、おいしいシチューのできあがり。おしまい。

「どうして三時間なのかってば」聞かれてもいないのにショージは説明する。「サイの肉って固いからなー。古いタイヤみたい」

（タイヤじゃない）とユメトが怒りの目を向ける。もちろんショージは気がつかない。そういえば校庭には、古タイヤを積み上げて作った怪獣が突っ立ってるのだ。大昔の先輩たちが作らされた、トーテムポールってやつ。もうピサの斜塔よりも斜めになっちゃってるけど。

NG先生はコメントする。

「どこがメルヘンなの」

「全部が」とショージは口ごたえする。

「サイを煮込んじゃったら、いけないと思うけど」

「どうしてですかー」とショージは口をとがらす。「みんなでなかよくやるのにさー」

「それは」とNGは口ごもる。「……サイは食べものじゃないからです」

「だれが決めたんですかー」

「……」

「センセーが勝手に決めたんですかー」

「違います。ずうっと昔から決まってるのです」

「おれそんなこと決めなかったもん」とショージ。「何でも自分で考えて決めなさいって言ったじゃん。きのう」

「それは別のことです。それに、サイは優しい、賢い動物なんです。セラスケのことわかるでしょ。ねえセラちゃん。食べちゃかわいそうだもんねえ」とＮＧ先生はセラスケに同意を求める。

セラスケは窓の外の空に目をやっている。ＵＦＯの影でも見つけたのかもしれない。

「食べないもん。煮るだけ」とショージががんばる。

「もっといけません」

レイラが不意に発言する。

「だったら、優しくなくて賢くない動物は食べちゃっていいの？　たとえば豚は騒がしいしバカだから食べてもいいってこと？」

「そんなこと言ってません。ヘリクツ言わないの」とＮＧの声がとんがる。

「でも豚肉食べるくせに」

「牛も食べるよ」とショージが大声でつけ足す。

「唐揚げ」と小声でトトミ。

「クジラ、問題になってるよね」とマナ。

「でもちょっと食べてみたいよね」とミナ。

「あの。そうやって、コドモたちの想像力を封じてしまうのはまずいんじゃないでしょうか」と補助のキヨハル先生——自称セイシュン先生——が意見を述べる。

「そうだそうだ」とかさにかかってショージ。

「想像力ありすぎなんです。分別や道徳をわきまえさせるのも仕事じゃないでしょうか」と、NG先生が涙目で返す。

「ですからそれは別の時間にやってですね。創作の時間にはそれなりの——」

「ま・ま・またもめてら」とヨシムラ。

「センセー、彼氏とうまくいってる？」とレイラがずばり切り込む。トトミ以外のみんなは、何となく固唾を呑んで答を待つ。とりわけ情報通のマナとミナはきりきり耳をそばだてる。

「必殺、ほほえみ返しっ！」とNG先生は涙をこぼしながらも、唯一の手持のギャグで応戦する。

ショージはその隙に自分のお話を書き直す。


みんなでNGをじごくの大なべに入れてぐらぐら煮込みました。しょっぱいスープのできあがり。


「それじゃ、今日はお任せしますから。キヨハル先生」

レイラにやりこめられキヨハルとぎくしゃくして、すっかり落ち込んだNGは出て行ってしまう。

「いえ、あの。そんなつもりで言ったんじゃなくて」キヨハルが後を追う。「ちょっと待って下さいよ……」

たっぷり半時間はなだめられないと、NG先生は戻ってこないのだ。

「……それじゃ、何をしようか。みんなやりたいこと言ってみなよ」とキヨハル。

「お絵描き」

「ドッジボール」

「給食」

「山登り」

みんな勝手なことをほざく。

「ど・道徳」とヨシムラ。

「よく言ったヨシムラ。それでいこう」

「えー。やだー」

「ヨシムラなんか無視してよ、センセー」

「あ。センセー。コータくんが教科書持ってきてないと思いまーす」とショージが告げ口する。

「コータ、勉強の道具は？　ああっ。丸ごと持ってきてないじゃないか」

「忘れました」とおとなしく答えるコータ。

「昨日、手のひらにマジックで書いてやったよな。赤マジックで」

「見るの忘れました」と無表情で説明するコータ。

手のひらにはくっきりと、昨日のままの文字が。洗ってないのだ。コータはこうして、忘れまくりで叱られっぱなし。

「コータのパパ、三人目なんだって」と事情通のマナ。

「それでもってママは二人目」と同じくミナ。

「しかもご飯食べさしてくれないみたい」

「いっつも〝子供食堂〟（無料）で食べてるみたい」

コータが何もかも忘れるので、みんなもコータのことを何かと忘れてしまう。こんなぐあいにちょっと脚光を浴びることはあるにしても。

「あれ。コータは？」

「最近いないよね。そういえば」

っていうことはしょっちゅうだ。（やがてコータはすっかり学校に来なくなってしまう。ついに学校のことをすっかり忘れてしまうのだ）。

キヨハルはすっかりやる気をなくして、とぼとぼと教室を出る。出たと思ったら校内放送で呼び出しがかかって、キヨハルは校長室へ。ＡＩ校長は疲れ知らずで、二四時間働き続けている。しかもワイロをもらって入試に合格させたりしない、絶対的公正ぶり。

「キヨハルセンセイ、タダチニホゴシャノタイオウヲ、オネガイシマス」

コータの（義）両親が乗り込んできていた。もちろんクレームのためだ（それ以外の用件でわざわざやってくることはないし）。

短く刈り揃えた髪にぶっとい眉毛、ほとんど白目の鋭い眼光、筋の通った頑強な鼻、薄い寡黙そうな唇——とくれば、これはリアル・ゴルゴ13だ。とりあえずはだれでもじろじろ見てしまう。整形手術でイケメンになろうとして失敗したっていう話。劇画をリアルに移すと当然こうなる。

美容整形クリニックとももちろん係争中だけど、取り返しがつかない。それからはいろんなものに対してキレまくってるらしい。

「何見てんだ。だれがゴルゴだこら」

どうも中身はクールなスナイパーじゃないみたい。

「あ。いえ」と目をそらすキヨハル。「何も言ってませんし。決してそんな」

「おまえら、立場わかってんだろうな。おれらの子供を預かってるおかげでメシ食ってられるんだからな。ったく、センセーってのは社会常識がねえって本当だよな。学期ごとによ、親の家に付け届けくらいすんのが常識だろうが。ふだんさんざん世話になってんだからよ」といきなりの難癖が飛び出す。しょっぱなでガン！　とやって主導権を握る、というモットーらしい。

「申し訳ございませんです。文科省の規定でそのようなことはできないと」

「へっ。お上にぺこぺこしやがって。この事なかれ公務員が」

人工皮膚のＡＩ校長は、口角アップ共感モードで見守っている。

「ちょっとあんた。そこまで言うことないの」と妻が口をはさむ。「でもね、センセー。うちの子が差別されたって件はどうなんでしょ」

「……サベツ、ですか」

「知ってるはずです。この月曜、コータの作品が東日本学童絵画コンクールで入賞もしなかったってこと、事実でしょ」

事実だ。家で仕上げてくるはずだったのが、提出期限を忘れちゃったんだから。

「全員描いて出したわけではないんです。間に合わない子もいて」

「そこを間に合わさせるのがセンセーの役目なんじゃないんですか。ふだんからの指導次第でしょ。いったい何のためのセンセーなんでしょう。出品もできないでおしまい、なんて。うちの子は才能があるんです。出品さえしてれば、まずくても銅賞くらいは獲ってたはずなのに」

「そうだよ。ふざけんなよおまえら。人を顔で差別しやがって」

「あんたは黙って」

「おまけに人の子供の才能つぶしやがって」

「あんたは黙ってて。いっつも話をこじらせるんだから。とにかく、参加賞さえもらえないなんて」

「あのぅ、参加賞というのはないんですが」

「だからたとえですってば、たとえ。……で、どうやって責任を取ってもらえますか」

「どうやってって……」

「責任取れこら。教育委員会にたれ込むぞ」

「だからあんたは黙っててってば。今から審査会に連絡して、かけあってくれません？」

「でも、審査はもう終ってますし」

「だからそこを電話で押してもらわないと。事情が事情なんですから。ほら、今すぐスマホで」

キヨハルはおずおずと抵抗を試みる。

「締切とかのルールを守るのは、できましたら、あの、親御さんのほうでも……」

「あたしたちが？」

「ええ。まあ」

「守らせないのが悪いと？」

「それも少しあるのではと……」

とたんに相手はぶちキレる。

「何ですって。人のせいにするんですかあなた」

「そうだよ。だれが極悪非道だこら」

「あんたは静かにっ。だってコンクールって学校の管轄でしょ。あたしたちが頼んでやってもらったわけじゃないのに。まるでうちの子がダメみたいに言って」

「そういうわけでは……」

「よーくわかりました。名誉毀損で訴えます。被害届も出して。辞めさせてやる。あなたみたいな無責任な人がセンセーじゃ困りますから」

「そうだよこの税金ドロボーが。首洗って待ってろよ」

「あんたは口を閉じてるのっ」

ゴルゴたちはドアを叩きつけて後も見ずに帰っていく。校長に向かって特に挨拶はしない。どうせＡＩなので。校長はドアの閉まる直前にこう言ったのだが、タイミングがずれて相手には聞えなかったみたいだ。

「ゴクロウサマデシタ。イツデモドウゾ。コウチョウトイッテモナバカリデ、タダノオカザリデスヨ。カッカッカッ（笑）」

勝手にミッションごっこが始まっていた。ミッション。何かこう、いけてる響き。最初は、セラスケのしっぽを握るっていう指令だった。決してめげないジョージが、後ろに回り込んで決行。おまけに「リベンジ！」と叫んで少しばかり引っ張ってみた。けれど、セラスケが特に腹を立てた様子もないので、次のミッションに移る。背中にまたがる、というやつ。これはさすがに、ちょっぴり勇気がいった。だれがやる？

「そーだ。ユメトならできそうじゃん」とショージ。

「や・やめろよ。無理だよ」とヨシムラ。

「だってユメトの親友なんだぜ、セラスケは。ほんとの友達ならできるよな？　な？」とショージが熱心にけしかける。

（できる）とユメトは確信する。で、ユメトはほんとにちゃんと乗っかってしまう。セラスケは顎を床につけたまま、オブジェみたいに動かない。ユメトは大胆になる。ひんやりしたセラスケの背中で腹ばいになって、両腕をセラスケの首に回す。もちろん回りきらないが。

「パフォーマンスみたい」とレイラ。

ユメトは一瞬だけヒーローになる。セラスケの背中は十分平べったくて、保健室の簡易ベッドなみだ。ちょっとばかりごわついてはいるけど。みんなして一歩引き気味に見守ってたものの、セラスケは身じろぎひとつしない。面倒くさいのだ、たぶん。

マナとミナが言いかわす。

「ユメトってさ、セラスケに気に入られてるんだよね」

「前世でも友達だったのよね、きっと」

「てゆーか、兄弟だったんじゃない？」

「だけどセラスケはいつか帰るんでしょ。アフリカに」

「だったらユメトも一緒に行っちゃえば？」

「あ。それっていいよね」

「存在感のありすぎるやつとなさすぎるやつがセットでいなくなるっ、て」

「それはそうとして」マナが言い出す。「セラスケの横っ腹って大きいよね。広くてたっぷりしてて」

「黒板みたいにね」とミナがあいづちを打つ。

「なんか、書きたくない？」

「書いちゃう？」

「よ・よせって。ラクガキは」とヨシムラが口をはさむ。

「てゆーか、ラクガキじゃないもん。……寄せ書き」

「寄せ書きって何だよ」とショージ。

「幸せになりますよーにって送る言葉」とマナ。

「とかイラスト」とミナがつけ加える。

「そんならいいかも」

みんな賛成する。ユメトだけが猛烈に反対するものの、もちろんその声なんか届かない。

「だけどさ、寄せ書きって、お別れ会のときじゃないっけ？」

「あ。そっか」

まだお別れの時じゃないみたいだった。

「じゃ、寄せ書きの練習。練習ミッション！」とショージがはしゃぐ。

壁にもたれてアイスミントガムを噛んでいたケンジローが、「やめとけよ」と吐き出す。

「なんで？」と口をとがらすショージ。

「なんでも」

「べつに痛くしないから、いいじゃんか」とショージ。「みんなのセラスケにするんだし」

「そんなに書きたきゃ、自分の腹に顔でも書きゃいい」とあくまでクールなスタンスのケンジロー。

トトミが尊敬の眼差して見つめるが、とりあえずケンジローの忠告は無視される。無視してもケンジローが怒り狂ったりすることはないのだ。ケンジローに激情は似合わない。

「へーんだ。ちびのくせにー」とショージが思わず禁句を口にする。じっさい、ケンジローの背丈は一三〇センチしかないのだ。それでもケンジローは悠然とガムを噛み続ける。

「絵が上手なくせにー」とたたみかけるショージ。とするとケンジローの口元がけっこうぴくぴくし出す。そしてそれを隠すように教室を出て行ってしまう。

「やべっ。ケンジロー怒った」

「今のはいじめかもね」とレイラ。「だけど、セラスケのお腹に描くのはいじめじゃなくて、仲間のしるし、ってことよね。ね、ヨシムラ？」

珍しく意見を訊かれたヨシムラは、なんとなく同意する。

「な・な・仲間だ。セラスケは」

「じゃ、反対の人は両足上げてー」とショージ。「いないから、全員賛成ー」

ユメトだけがわなわなしている。当然スルーされる。

で、最初にショージが黄色のチョークを握って近づく。チョークの先っぽを当ててもセラスケは動かない。でもって、直径三〇センチばかりのよれたへのへのもへじを描く。まだまだスペースは十分。

ヨシムラがその脇に、自分のクレヨンで鼻血みたいに赤いUFOを描く。それを見たショージが、自分のもへじを縁どってエイリアンにする。腰に黄色い輪っかをはめた土星人。

トトミはもじもじしている。

「さ。あんたもなんか描きな」とレイラが命じる。

トトミは思わず首を振る。

「へええ。描かないっていうの？」

トトミは首を振りかけ、そしてうつむく。本当はレイラよりケンジローについていきたいのだ。いっときトトミを見下ろしていたレイラは、唐突に言い出す。

「それじゃあんた、男と女のヒミツ、知ってるわけ？」

トトミはますます怯えたように首を振る。それから自分に言い聞かせるみたいに、こうつぶやく。「オトナになったらわかる、って言ってたもん」

その声にちょっぴり反抗の色あいを見てとったレイラは、思いきり侮蔑の眼差しを突き刺す。

「ふふん。だれが言ってた？」

「……お母さん」と口ごもりがちにトトミ。

「いっつもうぶねぇ。あんたうぶすぎー」

トトミはしゃくり上げ始める。

「ほらまたそうやってすぐ泣く」とレイラは勝ち誇る。レイラは定期的にトトミをいじめる。つねに自分のポジションを確固としたものにしとくのだ。

レイラはトトミの一二色クレパスセットを取り上げて、オレンジのハートマークを描き始める。ハートは傍若無人に、ＵＦＯもエイリアンもすっかり囲ってしまいそうになる。

「そ・それはやめろよ」とヨシムラが文句を垂れる。

「いーじゃん。愛のハートだから」とレイラはそっけない反撃。あっという間に、すっかり囲みを完了してしまう。ヨシムラの顔が赤らんでくる。汗も吹き出す。しまいには、熟れすぎたトマトみたいになる。頰を膨らましたヨシムラはレイラに向かって、

「……愛だったら、な・な・なんでもいいのか」

するとレイラが見下してお返しする。

「ツミはないじゃん。ただのハートマークに」

お構いなしにレイラは、ハートを紫だのピンクだので何重にも縁どってしまう。

「ほらますます豪華になった」

ショージが調子に乗って、その虹色の縁に黄色のイルミネーションを施す。

「よけいなことすんじゃないの」とレイラはショージをこづく。その間にマナとミナも、あちこちにエクレアだのティラミスだのをちりばめる。

（寄せ書きダメ）とこぶしを握りしめるユメトに、やっぱりだれも気がつきはしない。セラスケは依然としてくつろいだ姿勢のまま、ぼんやり窓の外を眺めている。しまいには横腹じゅう、ぞんざいな絵や文字で埋まってしまう。

どんどんエスカレートしてきていたミッションごっこに、おしまいが近づく。

「最終指令が出た！」とショージがうわずった声を出す。

「何それ」

「コードネーム〝覚醒せよ〟っていうんだ」

つまりは、セラスケのお尻にコンパスの針を突き刺す、ってやつだ。これは任務を果たす者を選ばなくちゃならない。

「そ・そ・それだといじめだぞ」とヨシムラ。

「だいじょぶたって。こいつの皮膚、めちゃくちゃ厚いじゃんか」

「やりたきゃ、あんたやれば？」レイラがつれなく突き放す。「自分で指令出したんだから」

「へん。いいよ。やればいいんだろ」

ショージはさっそく、コンパスを銃剣みたいに構えてセラスケの尻に近づく。あとの一同は五メートル離れて見つめている。

（やめてやめて）とユメトは念じる。でも相手にはされない。ユメトの願いはだれにも通じたためしがない。

「ユメト、嫌がってるみたい」とトトミがつぶやく。

「だってセラスケ、強いんだろ」ショージがユメトを挑発する。「コンパスにやられるくらい弱いのかって。でかいだけで弱虫――」

ユメトはきっぱりと首を振る。

「ほぅら、ユメトだってオーケーだしなー」

へっぴり腰でセラスケの尻に接近したショージ。初めて注射する新人看護師みたいなぐあいに、コンパスの先っぽを刺してみる。ほんの五ミリばかり。息詰まる瞬間。けれど何も起らない。大胆になって、さらに一センチ、ぶすりとやる。セラスケがのろのろと振り向く。視線の合ったショージは、中腰のまま凍りつく。セラスケの尻が揺れ、コンパスが抜け落ちて床の上で乾いた音を立てる。と、セラスケがおもむろに右前足をもたげる。一同いっせいに後ずさり。次に左前足を。全員避難態勢に。そしてついに両後足が動き、セラスケは堂々と立ち上がる。スプラッタムービーで飛び散った肉塊みたいに、みんな四方の壁にへばりつく。ユメトだけは呆然と突っ立っている。床を踏みしめたセラスケは、盛大に用を足し始める。立ち昇る湯気に飛び散るしぶき。

怒号が渦巻く。

「あ」

「げげ」

「やっだー」

マナとミナのメガネが曇る。しぶきはきらきら輝きながら、みんなに降りかかる。髪にしずくのついたトトミは、しくしくすすり上げ始める。至近距離のユメトは、頭から爪先までたっぷり洗礼を浴びる。そのユメトだけがうっとりしている。

（セラスケの仕返しって、すごい……）

「ど・ど・どーすんだよぉ、ここ」ヨシムラが床を指す。

「ちょっとぉ。チョーむかつくー」

「テンション下がるー」

「だから言ったろ」と、いつの間にか戻ってきて戸口にもたれてたケンジローが吐き出す。

とりあえず棒立ちのユメト以外は全員廊下に出る。と、向こうから男が一人、歩いてくる。肩からライフルを吊り下げ、頬はこけ、目だけは虎目石みたいに光らして。

部外者は教室には入れない決まりだ。けれど廊下は行き来できる。〝開かれた校長室〟を訪ねたっていいんだし。

「う。目を合さないようにするのよ」とレイラ。

男は二日酔いみたいな足取りで近づいてくる。

「おじさんて、新しいセンセー？」ショージが何も考えないで訊ねる。「なんちゃってー」

背の高い男は、一同をじろじろと眺め下ろす。

「これハンターよ」とレイラが圧し殺した声でささやく。

みんな顔を見合せる。

「ぼく何も知らないよ」とショージが焦る。「……セラスケなら知ってるけど」

ハンターの荒れた唇がひくつく。ショージをさえぎって、レイラが説明する。

「それってユメトの友達。最近来た子で、いちばんの仲良しなの」

ちっ、と舌打ちすると男は首を掻きかき、あたりを見回す。その白目にだんだん赤みがさしてくる。トトミがレイラの後ろからこわごわ顔を覗かせる。

男は戸口から教室の中を覗き込む。みんな息を呑む。けれど男は特に反応なし。

「サイなら歩いてたぜ」ケンジローが慌てず騒がず、廊下を隔てて教室の反対側の窓に向かい顎をしゃくる。「校庭の花壇の脇を」

「パンジーなんか好きみたい」とマナが間髪を入れずつけ足す。

「ダリヤも好物みたい」とミナが追加する。

男は銃を肩にかけ直し、急ぎ足で行ってしまう。

「い・いいのか。ウソついて」とヨシムラ手に汗を握る。

「ツノのほうがましだろ。銃よりかは」とケンジローは肩をすくめる。トトミの思慕はいっそう深まってしまう。ケンジローかっこよすぎ。

「あー。危ねー」とショージ。

「ばか」レイラがショージをどつく。「セラスケの話をしちゃダメじゃん」

教室の中、セラスケのそばのユメトは緊張のあまり、失神寸前だ。が、セラスケはいない。衝立の後ろだ。尻はけっこうはみだしてるが。職員コーナーの衝立をユメトがとっさに引きずってきたのだ。キャスター付きだったので。

「や・やるなー、ユメト」とヨシムラ。

「サイのためならね」とマナ。

「必死なのよね」とミナ。

「あいつ、ライフル担いでるのわかんなかったの？」あらためてレイラがショージをとがめる。

「ホームレスの人かと思った」ショージが弁解する。「拾ったモデルガン持っててさ」

「んなわけねーだろ」

「でもセラスケ対ハンターの戦い、見てみたかったなー」

「銃と戦ったって勝ち目ないじゃん」

「防弾チョッキみたいなんだぜ。セラスケの皮膚」

コンパスの針が通るのに弾が通らないはずがない。ユメトは決意する。セラスケを安全な場所に移すんだ。

「セラスケ、危なそう」とトトミが同情する。

(危なくない)とびしょ濡れのユメトが憤慨する。(セラスケ、ぼくが守るから！)

「行っちゃったけど、どうする？　あいつまた戻ってくるよ、きっと」

だれにも渡さない、という決意をこめて、ユメトはセラスケの脇腹にぴったりと背中をつける。

「あいつの目、血走ってなかった？」

「そうそう。しつこそう」

「ああいうタイプって、何でもやっちゃうんだから」

（何でもやらせない）とユメトはセラスケにしがみつく。物思いにふけってるふうのセラスケに呼びかける。

（引っ越しだよ、セラスケ。引っ越ししないと）

セラスケがいぶかしげな目を向ける。サイは轟音立てて歩くわけじゃない。それじゃ不細工な戦闘ロボだ。それどころかセラスケの足音は、ベッドに枕を押しつけるくらいの音だ。みしりみしりと教室は歪むけれど、そっと出ればうまくいくはず。ユメトが手招きすると、セラスケはちっぽけな目をぱちぱちやりながらついてくるんだから。

（校長室に行く）と初めてユメトは自分で重大な決定をする。校長先生なら助けてくれるかもしれない。みんな馬鹿にしてるし、校長先生の顔は思い出せないけど――人の顔を平均化したデザインなので――。だって、セラスケを連れてくるプログラムはたぶん、校長先生が作ったんだし。でも、サイの守り方なんて入力されてるんだろうか。とにかくセラスケも連れていく。

（そうでないと、セラスケが死んじゃう！）

岩根みたいに巨大な尻をぶつ。

（立って。セラスケ、歩いてってば）

ところが今は、ユメトの言葉がセラスケには通じないみたいだ。返事はないし、引退して野原で錆びついた蒸気機関車さながら。涙目のユメトは、セラスケの後ろ足を蹴り始める。

「あ。見て見て」マナが声を上げる。

「ユメトがセラスケのこといじめてる」とミナ。

「歩かせたいみたい」とトトミがつぶやく。

「どこ歩かせる気？」とレイラが必死のユメトをとがめる。

「ろ・廊下へ出るのは、あ・危ないな」とヨシムラがなだめる。「撃たれちゃうぞ。め・め・目立ちすぎるんだから」

ショージが入口から廊下を見渡す。さっそくハンターたちの影が目に入る。一人じゃない。だれもいない花壇から戻ってきたみたいだ。

「げ。あいつらまだうろついてるよ」とショージ。

もろに小便臭いユメトは、立ちすくんだまましゃくり上げる。きっとセラスケは、ハンターに勘づいて動こうとしないんだ。

「どうしよっか」とマナ。

「わかんないよね」とミナ。

そうしている間にも、ドローンはハンターなみに執念深く飛び続けていた。まさしく校長ハンター。とはいえ、ドローンの横腹にはサイの図柄がデザインされている。ツノが異様にでかい、サングラスをかけたサイ。ハンターなみじゃなくてセラスケ的だ。シンヤはハリウッド映画マニアなのだった。

ユメトは心を決める。教室の戸を一ミリの隙間もないように両手で閉める。

「あんた一人でどこ行く気？」と呼びかけるレイラの声を振り切る。それからひとり全力で校長室に向かう。三階だ。初めての二段跳びで駆け上がると、廊下を駆け抜ける。まっしぐらに校長室突入。といってもドアがないのでこれは楽勝。ＡＩ校長がちゃんと口角を上げて控えてた。

（校長先生）とさっそく訴えを。

「オヤ、コンニチワ、ゆめとクン」と校長。顔認識ができるように、全校生徒のデータが入ってるのだ。

（セラスケを助けて）とユメトは直訴する。ＡＩ校長は両目を大きく見開いて、傾聴モードに。

「ヒラカレタコウチョウシツヘ、ヨウコソ。カッカッカッカッ」

（セラスケが危ないの）

「イッタイドウシタノカナ。カッカッカッカッ」

（撃たれちゃうんだ）

「トイッテモナバカリデ。カッカッカッカッ」

（お願い）

「オカザリデスヨ。カッカッカッカッ」

（どうしたらいいの）

「カイテイシドウヨウリョウニジュンズル」

(あの。セラスケって、サイのこと……)

「カカカカカカカカカカカカカカカカカカカカカカカカッ」

ユメトのテレパシーがまるで通じない。それどころか、ＡＩ校長の笑いは止まらなくなってしまう。親しみモードへのシフトが効きすぎだ。目玉は両方とも高速回転を始める。二四時間働きすぎなのかもしれない。

(サイハ、ナゲラレタ)の一言を最後に、アンドロイド校長はゆるゆると目を閉じ沈黙してしまう。バッテリーサーキットブレーカ作動。

(帰らなくちゃ。教室に)

校長室を飛び出したユメトは、歯を食いしばりながら、全速力で階段を駆け下る。

「ユ・ユメトどうしちゃったんだろ」とヨシムラ。

「焦ってたよね」とマナ。

「トイレじゃない？」とミナ。

「なんか思いつめてたみたいだけど」とレイラ。

みんな黙り込んでるところへ、ストーンウォッシュのジーンズが戻ってくる。キヨハルだ。ＮＧは結局立ち直れなかったらしい。今日は一人で教室を仕切らなくちゃならない。

「さあさあ。みんなどうした。散らばってないでさ」と声がけ。

「セラスケ、お洩らししたんだもん」

教室の半分かたが琥珀色の水たまりだ。職員コーナーの方までしずくが跳ね散っている。セラスケは教室のど真ん中に居座ったまま、耳をぴくぴくやっている。

「あーあ。セラスケを怒らせちゃった人、いないかなー。手を挙げてみて」

ショージは窓の方に目をやり、それから天井に視線を移す。

「セイシュン先生は、心のまっすぐな子が好きなんだけどなー」と自首を促す。

トトミがちらちらとショージのほうを盗み見る。気がついたキヨハルは、

「ショージ、きみ何か知らないかい」

「ちくるのはいけないと思いまーす」と勘づいたショージが過剰反応。

ほらきた。

「でも、悪いことを放ったらかしておくほうがもっと悪いだろ……って、セイシュン先生は思うんだけどなー」

「でもいじめはもっとうーんといけないんでしょ」とマナ。

「いじめよりかは何でもましなんでしょ」とミナ。

「そりゃまあ」とたじろぐキヨハル。

「だったら告げ口しないほうがよくない？」とマナ。

「いじめにつながるもんね」とミナ。

「とにかくだ」とキヨハルは方向転換。「おしっこ拭かないと。さ。みんなで一緒にやろう」

「やだ。あたしたちがやったんじゃないもん」とレイラがきっぱり拒否。

キヨハルは教室の隅のロッカーからモップ——ネズミを叩き殺したような臭いがする——を持ってきて、床を拭き始める。拭きながら話題を変える。

「みんな、セラスケくんだって、立派なクラスメイトなんだ。同じクラスの仲間だのに、連帯感てものがないのかな」

「べつにねえよ」と即座にケンジロー。

「セラスケ、給食チョー食べすぎー」とショージが叫ぶ。「そんなやつ、仲間じゃないって」

「二〇人分は軽いわね」とマナ。

「三〇人分だっていくかもね」とミナ。

「……えーと、レンタイカンなんて、ちょっと難しいこと言っちゃったかな。何ていうか、ほら、クラスメイトとしてさ。転校生のセラスケくんにもっと親切に……それと、目標に向かって一緒に燃えるっていうか、一一人揃ったらサッカー部ができるのになー。そうなったらセラスケのポジションはキーパーか」

だれも聞いてなかった。この手のセンセーはなぜかじき入院してしまうのだ。それにみんなが燃える前に、外があっちこっち燃え上がっちゃってるんだし。

「……ま、この状況、だれがやったとしても連帯責任だ。みんな同じクラスなんだからね」

「何もやってないもん」とショージがあくまでがんばる。「遊んでただけでーす」

レイラがハンターのことを告げる。

「そりゃいけないな。でもまず横腹のラクガキを消してから、みんなでどうしたらいいか考えよう」

「そーゆーこと、校長先生が決めるんでしょ」とレイラ。

「そうなんだけどさ」とキヨハルは説明する。「校長先生の体調が悪いんだよ。話が通じなくなっちゃってさ」

どうやらメンテナンスがいりそうなのだ。厄介なことに。

と、そのときユメトが勢いよく戸を開けて駆け込んできた。と思ったら、一目散にセラスケのもとへ。ひしと首にしがみつく。

「下痢だったのかよー」とショージ。

ユメトはセラスケの首筋をなで続ける。ＡＩ校長が助けにならないことはわかった。とりあえず。

「目立つからいけないのよね」とマナ。

「目立つって不幸よね」とミナ。

「でも、セラスケは小さく丸めたりできないぞー」とキヨハル。

(小さくしちゃだめ)とユメトが抗議する。

「さっきから黙ってる、ヨシムラくんの意見も聞いてみよう」とキヨハルが気を配る。ヨシムラが今にも鼻血に見舞われそうな顔をしてるので。

「し・し・し・白く塗ったら、どうかな」とヨシムラ。

みんなひとしきり黙りこくる。

「あ。白いと目立たない」とマナ。

「そ。ホゴショクってやつ」とミナ。

「そっか。ラクガキ消す手間も省けるし」とレイラ。

「さんせーい！　セラスケのお化粧にマジさんせーい！」とショージ。ショージは目先の変ったことには何でも賛成だ。

「なるほど。じゃ賛成の人」とキヨハルが挙手を求める。

ケンジローとユメト以外が手を挙げる。

「二人はどうなのかな？」

ケンジローはやってられっか、というふうに脇を向く。ユメトは猛烈に首を振る。古い家じゃあるまいし、なんかひどい。リクツはわかるにしても納得できはしない。

「だ・だって、安全のためだよ。セ・セラスケのため」とヨシムラが説得を試みる。

ケンジローは反対の理由なんか説明しはしないし、ユメトはもともとできない。

「では多数決で決まりました」と張りきるキヨハル。「よーし。みんな一丸となってがんばろう。大事なクラスメイトを悪の手から守るんだ。ペンキはセイシュン先生が提供するからねー」

キヨハルの調達してきた壁用白ペンキ——たっぷり余ってたのだ——が、セラスケにありったけ塗りたくられ始める。

「さあみんな、力を合せて」とキヨハルが声をかけるがだれも聞いてないので、いったん教室を引き揚げることにする。職員コーナーもスルー。何しろペンキの臭いにはすぐ頭がずきずきするたちなのだ。

「よーし。終ったら乾くまで一時間自由」と言い残してキヨハルは出ていく。とりあえず作業終了。

「そんなコドモだまし、通用するかよ」とケンジロー。「あいつら、生活かかってんだぜ」

「一時しのぎなのは確かね」とマナ。

「時間の問題よね」とミナ。

「でも、どうしたらいい？」

一同は真っ白になったセラスケを遠巻きにしている。

「ホンモノ先生に聞くの」とトトミが珍しく提言する。

「ホンモノ？」

「あ。聞いたことあるわね」とマナ。

「あるある」とミナ。

けれど学校ウィキペディアの二人にも、それ以上の情報はなし。

「だからどんなのさ。ホンモノ先生って」とレイラがただす。

「ニセモノじゃない先生」とマナ。

「キヨハルやウルトラとは全然違う先生」とマナ。

「いるわけねーじゃん。そんなセンセー」とショージが混ぜっ返す。

「で？」レイラが先を促す。

「さ・さ・探してみるんだ」ヨシムラが提案する。「見つかったら、き・きっと、どうすればいちばんいいか教えてくれる」

「おれは関係ねぇな。下りるぜ」とケンジロー。

「なんで」

「かったりぃ」

「だ・だって友達だろ。な・仲間だろ。仲間」

「サイに仲間なんていねえよ」

「サイじゃなくて、ユ・ユメトが仲間」とヨシムラはがんばる。「セラスケがやられたら、ユメトもショックで死んじゃうぞ」

「んなわけねえだろ」

「死ぬかもね」とマナ。

「一心同体だもんねー」とミナ。

ケンジローは、(仕方ねえよ、そんならそれで) という顔つきになるが、さすがに口には出さない。代りに黒ジャンパーのポケットに手を突っ込み、ブラックミントガムを取り出す。

「どだい、セラスケって役に立つのかよ。でかいだけで」

(立つもん。世界全部を守ってる) とユメトが抗弁する。

「そ・そうだ。たとえば、こ・こ・これつぶせないかな」とヨシムラが飲み干したコーラの三〇〇ミリリットル缶を持ってきて、ユメトに手渡す。

「あ。それいい。やってみせてよ」とレイラ。

ユメトは空き缶をためらいがちに右前足の前に置く。

(ごめんねセラスケ。こんなことさして)

するとセラスケはほんの少し前足をもたげ、めりめりと缶をつぶしてしまう。足をのけると、クレープなみにぺしゃんこになった缶が。

「すっげー」ショージが興奮する。「環境にやさしいサイじゃん」

「セラスケ、空き缶係に決定」とレイラ。

こうしてセラスケの周りは、空き缶とペットボトルだらけになる。ついでにハンバーガーの包み紙だの、チョコの空き箱だののもとっちらかる。

「ところでさ。スーパーとかに聞いたみたらどうなるだろ。ホンモノ先生のこと」

「怒るってばね」とマナ。

「『何さそれ。あたしがニセモノってこと?』とか言うよね」と想定口真似をするミナ。

「あ。そうだ。保健室のおねえさんなら知ってるかも」とレイラ。

「オモテ保健室、先週から閉まってる」とマナ。

「おねえさん、フリンで泥沼って噂」とミナ。

しかも相手はDVストーカー男だったので、危なくてアパートから出られないっていう。通販とケータリングでなんとかしのいでるって話。

「じゃあどうする?」

「そんならウラ保健室だっ」とショージが思いつく。

ウラ保健室。何となく怖い響きなので、ショージ以外乗り気にはならない。

「それ、どこだっけ」

「近いのは、二階のいちばん奥のとこみたい。行ってみる?」

「うん」

「ユメトも連れてく?」

「行かないって。セラスケのそばにくっつきっぱなしでしょ」とレイラが勝手に代弁する。

「それにこいつ、もろ小便くせー」とショージが鼻をつまむ。

で、ユメトは留守番になる。とりあえず当面の安全を確保した白塗りセラスケのそばで。

(セラスケ、目玉が黒いよ。目立つから閉じてなきゃ)

ユメトとケンジローを除いた一行は教室を出て、頼りのウラ保健室に向かう。廊下を行き最初の角を曲がり、二階に上ってずんずん進んでどん詰まり。《第二保健室》って札が戸口に。

「あのー。すいませーん」

中にはふくよかな白衣のおばちゃんが、割烹着のおかあさんふうに控えていた。顔は水たまりに一時間浸かっていたアンパンマン——ドキンちゃんというより——ふうで、頭には脱色したソバージュの髪がどっとかぶさってる。ラーメンでもぶちまけたみたいに。

「……へえぇ。サイを飼ってるのねぇ」おばちゃんは話を聞いて感心する。「教室の中に大きい動物がいるっていうのは、なかなかいいことだわねぇ。大らかな感じよねぇ。あんまりあたりを気にしないし。大きいのはほんとにいいことよ。ぷしゅ」

だけど実際のところ、セラスケはずいぶんとあたりに気を配ってるのだった。ぼうっとしてるようでいて、けっこう神経質なのだし。気づかれないだけで。

「おばちゃん。あのさ、もしかしてホンモノ先生って知らない？」とレイラが切り出す。とたんに、おばちゃんの顔がなんとなく険しくなる。

「あら。それって、伝説の先生のことよね？　ぷしゅっ」

そう、知ってたのだ。

「あたしたち、探してるの」とレイラ。

「おばちゃんね、知ってたの。知ってたんだけど……今はわからなくなっちゃったわねぇ」

「ていうと？」

「行方不明になっちゃったからねぇ」

「……そうなの」

「もしかしたら、どっかの自由保健室にでもいるかもねぇ。ぷっしゅー」

もしそうなら、しらみつぶしに当たるほかない。

「でもあんたたち、どうしてそのホンモノ先生を見つけたいの？」

「セラスケが狙われちゃってんだ」とショージが説明する。

「それってサイの名前だけど」とレイラが補足。

「だれに狙われてるの？」

「ハンター」ショージが答える。「ライフル持って目が血走っちゃっててさ」

「ははぁん。まさしくツノ狙いだわね。サイのツノ、うんと高く売れるんだって。どんどんサイの数が減って、どんどんツノの値段が上がってるみたいよ。ぷしゅしゅっ。そうそう、確か、金とおなじくらい価値があるみたいねぇ。おばちゃんだって一つ、ほしいくらいだわ。ぷしゅぷしゅしゅっ」

おばちゃんの本気の目がちょっとこわい。

「すっげー。セラスケ金持ちー」とショージ。

「で・でもなんでツノを」とヨシムラ。

「なんかこう、病気の薬になるんじゃなかったかしらねぇ。ぷしゅ」

「すっげー。セラスケ薬局ー」

「それとも、魔力があるんだったかしらね」

「すっげー。セラスケ超能力者ー」とまたまたジョージ。

「ツノのおかげで苦労するのよね」とマナ。

「ツノがなきゃ安心なのにね」とミナ。

「そうなるわねぇ」

「じゃ、切っちゃったら？」とレイラがずばり提言する。

「痛そう」と小声でトトミ。

「いえいえ、痛くないって聞いたわよ。おばちゃんは」ウラ保健室の主は、落ち着き払って言い聞かせる。「サイのツノは、爪だか髪だかが固まったようなものなんだって。ぷしゅしゅ」

「そいじゃもう決まったじゃんか」と事態がころころ変るのが大好きなショージ。「切ろうぜー。ぎしぎしざっくざく」

「で・でも、タタリはないかな。魔力のせいで」とヨシムラ。

「だけど切らないとセラスケ、撃たれちゃうでしょ。魔力とか言ってる場合じゃないし」

「で・で・でも、どんな魔力なんだろ」

「たとえば全員階段踏み外す」とマナ。

「統一学力テストで0点続出」とミナ。

「たいしたことねーじゃん。べつに」と元気のいいショージ。

「そりゃあんたはいつもだもんね」

「魔力なんて信じなければ、きっとだいじょぶよぉ」とおばちゃんが見解を述べる。

「じゃ、とにかく決まった。でも何で切る?」

「そりゃあ……爪切だって」とショージ。「でっかいやつで」

「爪切じゃム・ムリ。ほ・包丁かな」とヨシムラ。

「ノコギリだろ、ノコ」とケンジロー。いつの間にか背後から合流してたのだ。

「ノコギリなら、技能主事室に行けば借りられるわよぉ。ぷっしゅ。切っちゃったら、おばちゃんに分け前よろしくね。ぷしゅしゅしゅしゅー」

「ありがとおばちゃん。じゃ出発」レイラが先に立って、保健室を後にする。

「でも技能主事室、どこだっけ」

マナとミナが同時に立ち止まる。

「あ。なんか危ないじじいがいるんだって」

「う。すぐキレちゃうんだって」

「技能主事のおっさんのこと?」

「そうそう」

「名前はこぶ取りじじい」

「な・なんかわからないけど、い・行きたくないな」とヨシムラ。

「みんなで行けばだいじょぶだって」ショージが請け合う。「七対一だぜー」

たどり着いた技能主事室には、爺さんが一人、読み古しの写真週刊誌をめくっていた。指先に唾をつけるので、下唇が濡れている。生まれた時から着ていそうな黄土色のタートルネック・セーター。その首周りが一箇所、派手に盛り上がっている。筋肉じゃなくて脂肪瘤。

「おやおや」と爺さんは目を上げる。「こりゃ珍しいお客さんだわいな。お入りなせい、お坊ちゃんやお嬢ちゃんたち。さあさ。茶でもいれようかいの。それともカルピスがいいかいな」

「どっちもいらないです」とレイラ。

「けっこういい人みたい」とマナがミナにささやく。

「思ってたよりかね」とミナが答える。

「あの。急いでるんだけど」とやや警戒しながらレイラ。

「何か入り用かな」

「えーと、ノコギリ」

「ほほう。何を切ろうとな？」

一同顔を見合せながら口をつぐんでいる。爺さんはおもむろに、奥の納戸から錆びついたノコギリを持ち出してくる。

「こいつでもって、桜の枝は切ってはいかんのじゃよ」

トトミが首を振る。

「机の脚もよくないわな」と言いながら、ぴぃんと刃をはじく。「まさかとは思うが」

「机とかじゃなくて」とマナ。

「椅子でもなくて」とミナ。

サイのツノ、とレイラがストレートに言う前に、

「いーもん切るんだ」とショージ。

と、爺さんの顔色が出し抜けに変る。

「いいもん？　いいもんじゃと？　もしや、このじじいの……じじいの……こぶをかな？　いたわしい、福を運ぶこぶを」

一気に一同の顔がこわばる。じじいは青筋立てて爆裂する。

「そんな無体なまねはさせんぞ。この悪ガキども！　年寄をからかいに来おって！」

みんなどっと逃げ出す。

「どいつもこいつも人を馬鹿にしくさって！　このくそガキどもめが！　死ねいっ!!」

じじいはノコギリを振り回して追ってくる。

「どっひー。これじゃ一三日の金曜日じゃん」と駆けながらショージ。

廊下の折れるところまで来ると、じじいは急ブレーキ。勝ち誇ったように、けれど息を切らして咳き込みながら、引き返していく。縄張りはそこまでってことらしい。乏しいアドレナリンがちょうど切れる地点まで。


もうセンセーはいない。教室には手ぶらで戻ってきた一同とセラスケだけ。ウルトラは無制限休憩の最中だし、スーパーはお出かけだ。いや、他にもセンセーはいた。ハイテンションがウリだったハイパーセンセーは、帰ってこない。保健室かどっかに行ったきり。教頭先生くらいになるまで戻ってこないのかもしれない。それからお助けセンセーという人もいた。女子高生たちに気前よくお金を援助してたっていう。〝足長おじさん〟ってやつなのかも。それに休み時間には女子トイレに隠れててびっくり！　っておちゃめなとこもあった。おもしろいセンセーだったのに、メンショクになってしまった。

午後から、輪投げ遊びになる。セラスケのツノにカラフルな輪っかを投げ入れるのだ。外ではやっぱり火が燃えさかり、ときどきぱちぱち何かが弾けたりした。どこかで内戦だのクーデターだのが続いてるのだった。

（何のゲームだい？）とセラスケが目をしばたたかせながら、ユメトに訊ねる。

（いちばん多く輪っかを入れたら勝ち）とユメトが説明する。（ごめんね、ツノを使って）

（ぼくは勝つのかい？）

（セラスケは勝たない。だけど負けないよ）

（負けない？）

（ゲームをするんじゃなくて、世界を守るんだから）

はた目には、セラスケはまるで無関心に見える。心配でいっぱいのユメトはセラスケを見やるのがやっと。で、こんな遊び程度にはもう抵抗しない。

教室の壁にはいつの間にかまたカビみたいにラクガキが増殖し、下から上へと這いのぼっていた。天井にも灰色の靴跡がべたべたついている。これは机に乗ったショージが、モップの柄の先にスニーカーを履かせたやつでもってつけたのだ。

校庭には相変らず、しょっちゅうＵＦＯが発着している。ウルトラセンセーは、あれはＵＦＯなんかじゃないっていつも言ってる。航空自衛隊で実験中の特殊飛行艇なんだって。そんなばかげたモーソーを抱くなんて、気が変だとしか言いようがない。ケンジローでさえときどき、頭でっかちの人間型エイリアンを目撃するのだ。半透明のエイリアンたちは、音もなく開いたドアから降りてくる。こそこそと校庭の隅に行っておしっこをする。それからあたりをちょっと見回して、ＵＦＯ内に戻る。《立小便禁止》の札が立ってるのに、読めないみたいだ。そういえばウルトラセンセーが、「エントロピーの操作」って言ってた。意味不明だけど。

ユメトは夢想する。セラスケと一緒にＵＦＯに乗っかって、うんと遠いところまで行くのだ。

どこまでも、もう戻れないくらいの彼方まで。

「これ、あげる」と突然トトミが、ケンジローにラズベリーガムのミニボトルを差し出す。しばらくお小遣いを貯めといて買ったやつ。

ケンジローはボトルの成分リストにちらっと目をやり、首を振る。

「ショ糖かよ。キシリトールじゃねえとな」

トトミはしゃくり上げ始める。

「受け取りなさいよ」レイラが命じる。「女の子からのもの、断るもんじゃないよ」

「だいいち、ラズベリー味って何だよ」

ケンジローは肩をすくめて向こうに行ってしまう。トトミはどっと涙にくれる。

「なによ気取っちゃってばーか。もっといい男がいるわよ。だから泣くのやめな」とレイラはトトミを激励する。トトミは泣き顔を上げて、

「たとえば？」

「たとえば……ヨシムラとか」

トトミはあらためて号泣する。しょっちゅう鼻血を出すやつなんていやだ。

トトミの物語はひどく短い。これまでだってずっとレイラにくっついてきたし、今ももちろんそうだし、これからもきっとそうだ。

とにかくなんとかして、ノコギリを手に入れなくちゃならない。

「校庭に出るなよ。手術されちゃうぞ。スーパーみたいに」

「手術って、何の」

「盲腸とか」

「いいじゃん。盲腸くらい」

マナとミナが批評に忙しい。

「今のって、火星系じゃない？」

「金星系よ。あの目玉のでっかさ」

「なんか投げてみたらどうかな」とショージ。「コンパスだとかさ」

「お黙りっ」とマナ。

「うっせっ」とミナ。

「へーんだ。双子は黙ってろよ。おまえら二人で一人前のくせに」

「双子じゃないもんねー」とマナ。

「そうよねー」とミナ。

「うそつけ」

「三つ子のうちの二人なんだもんねー」と二人は声を合せる。「ばーか」

確かにそのとおり。三人目のムナはインフルエンザ脳症にかかり、賃貸マンションの九Fの部屋のベランダから転げ落ちたのだ。ショージはすごすごと引き下がって、味方のヨシムラを探しに行く。

「あ。見て見て」とマナ。「アーミーにやられてるし」

校庭の一角で、木星系（たぶん）エイリアンが、アーミーのスタンガンに威嚇されている。そしてすごすごと円盤に戻る。

「木星系かわいそー」とミナ。「フシンシャっぽいけどねー」

アーミーは武装教師のあだ名だ。さまざまな武器で身を固め、あちこち巡回している。木刀だのサスマタだのでは用が足りなくなったのだ。フシンシャが侵入するケースが珍しくなってからは。担任でもないのに、生徒と顔を合せると所持品検査をする癖がある。自宅の周りには自作の地雷を埋め込んでるって噂だ。一度、ノラのデブ猫が踏んづけて吹っ飛ばされたらしい。

校庭ではあっちでもこっちでも、ぱちぱちごうごう火が燃え盛ってる。燃え残りのＵＦＯの残骸がくすぶってるのが目に入る。ついさっきも一台、墜落したみたいだ。

外にはライフル担いだ密猟者たちだってうろうろしてるのだ。ときどき窓越しに教室を覗き込んだりするものの、セラスケはまだ見つかってない。保護色のおかげだ。ハンターたちは日に日にやつれていく。襟足はどぶ色に。ジャケットは擦り切れる。サファリブーツの脇は裂けて、素足が覗く。引きずりがちの足取りもおぼつかなくなる。目は真っ赤に血走る。ツノを手に入れるまでは帰れないのだ。借金して作った出張旅費が、サイみたいな重さでのしかかってるんだから。

「ねえねえ。対決したらどうなるかな」とマナ。

「だれとだれ？」とミナ。

「ハンターとアーミー」

「アーミー圧勝」とショージ。「何でも持ってるしな。武器なら」

「だと思うか？」とケンジローが冷笑する。

「だって、ハンターはライフル一丁しかないじゃん」とショージは口をとがらす。

「ハンターは生活かかってんだからな。アーミーのはただの趣味」

「趣味でも、本物じゃん。サバイバルナイフもボウガンも」

「気合が違うって」

「アーミーだって学校守ってるよ。いちおう。……たぶん」

「そ・そうだ」ヨシムラが思いつく。「アーミー先生に、ハンターをやっつけてもらう。ど・どうだろ」

そのアーミーが、ちょうど校舎の中に戻ってきた。一同を目にするなり、

「とんがったものや重たいものを持ってるやつは、いねえだろうな。おれに手を出したやつは、生きちゃいねえぞ」

「シャーペンは？」と無邪気に訊ねるショージ。

アーミーはショージをにらみつける。

「武器になるもんはだめだって言ったろ。計算なんぞクレヨンでやれクレヨンで」

「太くて書けませーん」

「削るんだよ、ばか」

「だったらカッターナイフがいりまーす」

「このおれに……いちいちたてつく気か」とショージは特殊警棒で軽くのされてしまう。

「あのね、センセー」とレイラが打診する。「危ないハンターたち、追っ払ってほしいんだけど」

「ハンターだ？　放っとけ」と予想外の返事。

「だってライフル持ってるし」

「あれはライフルじゃねえ。ＡＫ47カラシニコフ自動小銃だ。アフリカ中に出回ってるな。ライフルよりうんと安上がりでメンテが楽だからよ」と得意げに解説するアーミー。

「ハンターはフシンシャじゃないの？」

「あいつらは商売だからな」と一言で片づけられてしまう。武器おたくのアーミーは、密猟者にも一目置いてるらしい。木星人は武器なんか持ってないから邪険に扱われてしまうのだ。アーミーはさっさと廊下の巡回に戻ってしまう。

「やっぱりちゃんとしたセンセー呼ぼうよ」

「そ・そうだ。探さないと」

「何でだよ」とケンジロー。「どうしようもねえだろ」

「だって、ここ学校だし」とトトミがぽつんと言う。

みんなおもむろにそのことを思い出す。そう、もともとセラスケのことを相談するのにホンモノ先生を探す、って話だったんだから。

「でもホンモノ先生、見つからないし」

「このさい、ホンモノじゃなくてもいいか。とにかくセンセーなら」

「アーミー以外の」と頭のてっぺんのこぶをさすりながら、ショージがつけ足す。

「あんたはどーすんの？」とレイラはユメトにも声をかける。

「どうせ行かないって。ユメトなんか」とショージが口を出す。

「行かないの？」とレイラがユメトに確かめる。

「……」ユメトは伏し目がちにぼうっとしている。

「あんた、ここにいるわけ？」とレイラが念を押す。

（いる）とユメトはがんばる。不安がこみ上げるけれど、セラスケを守れるのはユメトだけ。たぶん。ＡＩ校長が壊れてしまった今、もう誰にも頼れない。

「あ、そう。残るみたいね。じゃバイバイ」

ユメトは取り残される。いつもみたいに。で、セラスケに話しかける。

（……ぼくたち、一緒だよね）とユメト。（ずうっと一緒に、いるんだよね）

（無理かもしれないな）とセラスケは答える。（いつかは故郷に帰るんだよ。亡命者っていうのは）

（いやだ）つぶやくと、ユメトの目には涙が溜まってくる。（帰っちゃだめ……）

ユメトを除いた一行はばたばたと出発する。ケンジローも暇つぶしに、いちおうつきあう。さあホンモノ先生を探して。

廊下を進んで角を曲がったとたん、先頭のレイラが立ち止まる。

「いきなりだれか寝てるし」

廊下のど真ん中に寝そべっているのは知らない子だ。幼稚園児みたいに小柄で、おかっぱの髪が放ったらかしのカツラみたいに、目の上にかぶさってる。こんなタイプは最近じゃ珍しい。

「あんたってまさか、先生?」レイラが相手を見下ろしつつ、いちおうたずねる。だって、見覚えのない子は生徒じゃないし、生徒じゃなければ先生かもしれないんだから。

「フシンシャかもよ」とマナ。

「ちっちゃいけどね」とミナ。

「て・転校生かもしれないぞ」と、すでに汗だくのヨシムラ。

その子は仰向けのままレイラたちを順番に見やっては、哀しげに首を振る。

「じゃ、だれなのさ」

「だれでもないよ」とその子はかん高い声で答え、それからレイラに向かって声を低めて、「それより、ちょっと大事な話」

「大事な話?」

「そ。もっとこっちへかがんで」

「何よ。さっさと言いなさいってば」

相手はかがんだレイラの耳元にささやく。

「パンツ、見えてる」

「ばーか。このヘンタイ!」レイラはその子の横っ腹を蹴飛ばす。「さ、こんな子にかまってないで行くよ」

「あ。ヘンタイっていうの、悪いコトバじゃん。使っちゃいけないんだー」とショージ。

レイラはショージにひとにらみくれて、

「じゃタイヘン」

一行はその子を無視して旅を再開する。センセーじゃないのは間違いない。たぶん。

「あの子、ついてくる」とトトミがレイラに知らせる。

「なんか霊気感じるぞー」とショージ。

「感じるかも」とマナ。

「恐いかも」とミナ。

「失せな」ケンジローが言い渡す。「ここはお化けのいるとこじゃねえ」

「お化けじゃなくて、ガッコワラシ」と相手は訂正する。

「あ。聞いたことある」

「そ。ザシキワラシ」

「それの学校バージョンな」とショージ。

「何でもいいけどついてくんなよ」とケンジローがきっぱり言い放つ。

「だってさみしいんだもん」とガッコワラシはむくれる。

「お化けなんかと一緒に行きたかねーよ。しっしっ」とショージが調子に乗って、追い討ちをかける。ガッコワラシは深くうなだれてしまう。

「ちょこっとかわいそうみたい」とマナ。

「ちょこっとかわいい子だもんね」とミナ。

「じゃ弟にしてやれよ」とケンジロー。

「それはいやよ」

「それはムリよ」

一行はその場から小走りに駆け出す。ガッコワラシは口を結んだまま、懸命についてくる。だれの足もじわじわと速くなる。ガッコワラシはトトミよりもうんと小さくて、トトミよりものろいくらい。どんどん遅れて、とうとう廊下の向こうに見えなくなる。つまり置いてけぼり。

そのおかげで、ガッコワラシの呪いがみんなに降りかかる。レイラはパンツが見えっぱなしになってしまう。ショージは算数の文章題をやたら解きたくなる。ヨシムラの頰には赤いハートマークが浮く。ケンジローは口から勝手にオヤジギャグが出る。マナとミナはかみまくり。ついでにユメトは、セラスケの言葉が聞き取れなくなってしまう。

レイラがみんなに呪い返しのおまじないを教えたものの、呪いが解けるまでに半時間ばかりかかる。

「あのさ。先生ってどんなだったっけ」

「教える人じゃない？」

「何をさ」

「算数とか、道徳とか」

「そうだったの？」

「たしか」

「でもそれってさ、パソコンソフトじゃなかった？」

「あ。そうかも。あれ。先生ってどんなだか、わかんなくなっちゃった」

そしてしばらくのあいだ、先生がどんなものだったか、だにもわからなくなる。これも呪いの続きなんだろう。でもとにかく、ホンモノ先生を探さなくちゃ。絶対頼れる先生を。

「あ。先生見つけた」とレイラが叫ぶ。「でもウルトラだけど」

ウルトラセンセーは見つけてもさっと隠れてしまう。まだ充電が完了してないので、コドモたちとは戦えないのだ。

「見失っちゃった」

ぐるぐるめぐってるうちに、振り出しに戻ってしまった。反対側からまたウラ保健室に行き着いてしまう。

「あぅ。やり直しみたい」とマナ。

「うぅ。いちおうまた覗いてく？」

やっぱりおばちゃんがいて、さっきよりもさらに肥えた感じ。じつは部屋の一角には五段重ねの衣装ケースが積んであって、中身はぜんぶおやつなのだ。暇さえあればそそくさとお腹に詰め込んでるらしい。お尻なんかはセラスケのといい勝負になってきてる。そして、何か喋るだけでひどく息を切らす。

「あの。ホンモノ先生のことなんだけど……」と切り出すレイラ。

「そうそう。おばちゃん思い出したの。ホンモノ先生は、ときどき保健室に来てたわねぇ。生徒が来てませんでしたかって、気にかけて。ぷしゅ」

「へええ」

「あと、キョームシュニンだったから、他の先生のお仕事手伝ってたみたい。ぷしゅっ。モンカショーに行く書類が、埋もれちゃうくらいあったのねぇ」

「けっこう苦労してたんじゃん」

「どんな先生なの？」

「〝ホンモノ〟って書いたハチマキしてるんだ、きっと」とショージが口をはさむ。

おばちゃんは首を振る。

「いい人だった。ぷっしゅっ。そういえば眼鏡かけてて、地味な格好よぉ。あんまり目立たなかったわねぇ。ぷしゅ」とおばちゃんが証言する。

「なんかへんな臭いしない？」唐突にレイラが顔をしかめる。

「う・うん。するな」とヨシムラ。

「あらそう？　気のせいじゃないのぉ？　ぷぷしゅっ」

おばちゃんは何となく、どでかい尻でもって道をふさごうとしてるような感じだ。奥の処置室への道を。

「あ。見ちゃだめよ。ハイパー先生が休んでるんだから」

ハイパーセンセーってだれだっけ。思い出した。超ハイテンションのセンセーがいた。一人でめちゃくちゃ喋り倒してたと思ったら、すぐいなくなっちゃった。

そんなハイパーなんかに気を遣うことはない。それに、まったり感あふれる保健室のおばちゃんなんて、ぜんぜんこわくない。みんなしてどっと処置室に駆け込み、衝立の後ろを覗き込む。

簡易ベッドの上にはネクタイをだらしなく緩めたハイパー先生が、人形みたいに横たわっている。たぶんバッテリーがいかれてて充電できなかったのだ。

「げ。燃え尽きちゃってるよ」とショージ。「てゆーか、腐ってるじゃん」

よく見ると、ハイパーセンセーのひからびて半開きになった唇のあたりで、ハエが二匹、鬼ごっこをしている。

「けっこう日がたってるな」とケンジローのコメント。

「見・た・わ・ねー」とこわい顔になっておばちゃん。「とうとういけないもの見ちゃったわね、あんたたち。ぷしゅっ」

「やっべぇ。逃げろー」

みんなしておばちゃんのお腹の下をくぐって、いっせいに保健室を飛び出す。最後になったトトミだけ戸口の段差につまずいて転び、おばちゃんの人質になる。

「あとで助けに来るから待ってな、トトミ」と走りながらレイラ。甘ったれのトトミには、ちょっぴりシビアな状況を経験させとかないと。

「ミッションが増えたー」と嬉しそうにショージ。「ツノを切るのとトトミの救出」

「た・たいへんだな。ほんとに先生よ・呼ばないと」とヨシムラ。

「だれを？」

「だれでもいいけど大事な時にいないんだもんなー」

「アーミーだっていいよ、このさい」

「あいつ危ねーよー」

「だって、あとだれがいる？」

「NGは？」

「ほほえみ返しっ！　しかねえじゃん。あれ」

「でもタテくらいにはなるかもよ。ハンター用の」

「ガリガリでムリだろ」とケンジロー。

「やっぱり、ほんとの先生探さない？」

「う。伝説の、いけてる先生」とマナ。

「いけてなくても、ちゃんとした先生」とミナ。

そう、まだ姿を見たことのない幻の先生がどこかにいるはず。目が痛くなるほど輝くホンモノ先生。正真正銘の先生。探す価値がきっとあるに違いない……

今度は、顔に迷彩メイクをしたやつが目に入る。

「またハンターだ。……あ、違った」

向こうからやってきたのは、またまた巡回中のアーミーだった。

「おまえら、さっきから何うろついてんだ」

「そうだ」レイラが思いつく。「センセー、ノコギリあったら貸してほしいの」

「バカかおまえら。なんでおれがノコギリ持ち歩いてんだよ。大工じゃねえぞ」

アーミーにはだれも、セラスケの危機のことは言わない。まるで興味がないに決まってるのだ。

「でも」トトミがひっそりつぶやく。「スイスアーミーナイフ、持ってる……」

「それがどう――」と言いかけて、アーミーは口ごもる。そうなのだ。スイスアーミーのマックスタイプには、確かにミニノコがセットされてる。

「なんでおまえ、そんなこと知ってんだ」

「お兄ちゃんが、おんなじやつ持ってた……」

「ちっ。見られた俺の負けか。しゃーねえな」

アーミーは腰周りに吊した武器類の中から真紅のアーミーナイフを外すと、先頭のレイラに手渡す。

「おい。何を切る気だ」

「サイのツノ」

「刃こぼれさしたらただじゃおかねえぞ」とアーミー。

「じゃセンセーやってよ」

「ばっきゃろう。俺みたいなプロフェッショナルにミニノコなんか使わせるんじゃねえ」と言い残すと、アーミーは巡回の続きに行ってしまう。やっぱりセラスケには何の関心もないらしい。

「あー。なんかわくわくするぅ。セラスケのツノ切り」とショージ。

「遊びじゃないんだからね」とレイラ。

その間もきゅるきゅるとドローンは飛び続けていた。アンドロイド校長抹殺をもくろんで。

密猟者の数は日増しに増えてきてるみたいだ。ハンターの一人がまたまた教室の前を通る。顴骨《ほおぼね》がくっきりと浮き出て、目ときたらガーネットそのものだ。破れたジャケットには汗じみの斑点。裸足のくるぶしがひび割れてる。

(セラスケが死んだら世界がおかしくなって、元に戻らなくなるって)とユメトは必死で訴える。男はちらりと教室内に目をくれるものの、やっぱり白いセラスケは目に入らないよう。ユメトを無視して、よろよろと廊下を歩いていってしまう。

(セラスケを守らなくちゃ)

たぶんこの世界を維持している、偉大な存在を。


一行が教室に戻ってくる。ユメトは依然として突っ立ったままだ。ついさっきハンターからどうにかセラスケを守ったので、たっぷり三日分のエネルギーを消耗してしまった。

「ほら」とレイラがユメトにアーミーナイフを見せる。「手に入ったんだよ、切るもの」

口を一直線に結んで見つめるユメト。

「ね、なんか起りそうじゃない？」とマナ。

「きっとすごいことが起るわよね」とミナ。

「ツノ切っちゃうんだから」

「ただじゃすまないよね」

「魔力ってあるよね」

「おまじないなんかも効くもんね。それなりに」

「……それって、天地崩壊とか？」とおそるおそるショージが口をはさむ。

「ありえるね」

「げ。遺書書いとかなくちゃなー」

「だれが読むのさ。ばっかみたい」とマナ。

「みんな死んじゃうならね」とミナ。

（だめ。絶対にだめ）ユメトが両腕を広げて立ちふさがる。

「だってあんた、セラスケが死ぬのとツノだけ切られるのと、どっちがいいわけ？」とレイラが言って聞かせる。

ユメトはやっとのことで池から這い上がった、ずぶ濡れの子犬みたいに頭を振る。

「どっちかしか選べないの！」とレイラの最後通牒。

密猟者たちに寄ってたかって襲われたら、セラスケはとても持ちこたえられないはず。ユメトはセラスケのツノにしがみつく。いびつな円錐形のツノには、まるで年輪みたいにうっすらと段々がついている。ペンキの下でもそれがわかるのだ。生きてきた証っぽいやつ……

「ね、だれが切る？」

「そりゃあ、ユメトじゃんか」と少しびびり気味にショージ。「親友なんだからさー」

「無理だってば」とレイラ。

「ぼ・ぼ・ぼくが切ってもいい」とヨシムラが申し出る。

「タタリ、あるかもよ」とマナ。

「ドモリ、三倍になるかもよ」とミナ。

トトミが上目遣いにレイラに提言する。

「みんなで切るの。かわりばんこに」

「じゃ、あんた最初にやる？」レイラがトトミにアーミーナイフを握らせる。トトミの顔がみるみる歪み出す。

とそのとき、こんな声がユメトに届いたのだ。

(切っちゃっていいよ)

(……セラスケなの？)

(うん)

ユメトはまたまた感動の渦に放り込まれる。

(えらいねえ。大事なツノ、切っていいだなんて)

(たいしたことないよ。爪みたいなもんだもの)

(フカヅメすると、痛いのに)

(だから、ゆっくりとさ)

（世界がおしまいにならない？）

（ならない……ようにしとく。なるたけ）

（うん。わかった）

「ぼく、切る」とユメトは宣言する。みんなの視線がユメトに集中する。

「あんた、口きけたんじゃん」とレイラ。

「き・き・きっとセラスケのおかげだ」と興奮するヨシムラ。

レイラがナイフからぱちんとミニノコを出して、ユメトに手渡す。ユメトは左手でツノの先っぽを握りしめる。震える手でもって刃を当てる。もしも、もしも世界に終りがきても、この際かまうもんか。

ぎし。ぎし。ぎし。座ったままのセラスケは、おとなしくツノを切られていた。

（ほんとに痛くない？）

（だいじょぶ）

マナとミナが手元を覗き込む。

「ぜんぜんオッケーみたい？」

「うん。痛がってないじゃん」

「でもなんでこれ、薬になるわけ？」とレイラ。「ふざけんなって感じ」

「見た目が勇ましいからだろ」とケンジロー。

「気のせいよね」

気のせいだろうがそうじゃなかろうが、セラスケが追っかけ回されてることは確か。ユメトは必死だ。ヨシムラなみに汗をかき出す。しまいには涙も混じってくる。まわりは黙りっぱなしで作業を見つめる。

ともかく、ごろん。ユメトの頼りない腕がしびれて感覚がなくなってきたころ、セラスケのツノはとうとう、床に重々しく転がった。特大の、純白のタケノコみたいだ。みんなしてしばらくの間、横たわったツノを見つめていた。セラスケも一緒になって。

「やればできるじゃん、ユメト」とレイラがちょこっとねぎらう。

汗と涙にまみれたユメトは、世界のおしまいを見届けようとあたりを見回す。何も起らない。セラスケが止めてくれたんだ。しかも、セラスケはそんなに落ち込んでるようにも見えない。けっこうすっきりしたよ、と言ってるようにさえ見える。

「いつまでもここにいればいいよ、ね?」とユメトがセラスケの首をなでる。天変地異は何も起らなかった。だけど、ツノが床に転がった瞬間、セラスケの力はなくなってしまったような気がした。世界を守っていたあの力が。セラスケは鼻先を動かす。

「いなよ。ここに。ずっとずっと」とユメトは小声で言い張る。けれどもう、セラスケからは返事は返ってこない。口がきけるようになった代りに、テレパシーの力をなくしてしまった。誰も気づかないが。

「ミッション完了だー」とショージ。

「かたがついたな」とケンジロー。

「このツノ、どうする？」

「保健室のおばちゃん、ほしがってたよね。マジで」

「渡さない」とユメトは弱々しく抗議する。

「じゃ裏の焼却炉に持ってく？」とレイラがからかう。

「ゴミじゃない。宝もの」

ユメトはツノの汚れを手のひらでぬぐって、そっと抱きしめる。

どばっ。ヨシムラが出血する。今ごろ緊張の糸が切れたのだ。上を向いても間に合わない。鼻血はどぼどぼと床にこぼれて、ロールシャッハ模様を描き出す。

「もしかして」とマナ。「ツノを切ったら起ることってこれだけ？」

「でもいつもより派手に出てるけど」とミナ。

「あーあ。とにかくどーすんのよ」

ショージが取り急ぎ首筋にチョップ。

「いま思い出した」レイラが勝ち誇る。「あたしほんとは知ってる。ツノ、男と女のことに効くんだって。粉にして飲むの。そしたらエロい魔力がつくんだ」

何のことだかわからないので、みんなして口をつぐむ。ツノを抱きかかえながら、ユメトはツノの切り口――セラスケ側の――から目を離せない。もし血がにじんできたりしたら、保健室に連れて行かないと。またはおばちゃんを呼んでこないと。

「そ・そうだ。これやる」と鼻血まみれのヨシムラが、ランドセルのポケットからオロナイン軟膏のチューブを取り出す。いつもこれだけはお守りみたいに持たされてるのだ。鼻血には使えないけど。ユメトはチューブを受け取ると、軟膏を丹念に切り口に塗る。すっかり絞り出して、何重にも塗り込む。

「ごめんね。セラスケ。ごめんね」

ちょうどそのとき、窓に張りついたハンターの一団は、折り重なるみたいに中を覗き込んでいた。揃ってミイラ状に頬がこけ、ジャケットもぼろきれ同然。銃だけがびしっと黒光る。セラスケを教室にかくまってたことにとうとう勘づいたらしい。固まって動けなくなったと思うと、内輪揉めが始まる。分け前をめぐって。

密猟者たちは一斉に、窓ガラス越しに狙いを定める。が、すぐセラスケの頭にツノがないことに気づく。ユメトが隅っこで、純白のツノをかき抱いてるのだ。

ハンターたちは今にも窓を破って中に入ってきそうな勢い。ちょうどそのとき、ぶんぶん風を切るかすかな音が頭上から響いてきた。

「何だろ」

ばっしゃーん。

ドローンの落した爆弾が炸裂。ハンターたちはまとめてミンチになる。窓ガラスという窓ガラスは粉々に。校舎にはアナコンダみたいなひびが数本入る。ユメトたちも爆風でもってぶっ飛ばされる。狙った校長室を外して、窓のすぐ外、校舎のそばに落ちたのだ。そして密猟者たちをもろに直撃。ＡＩ校長の調子が狂ったので、同期してドローンのナビシステムもおかしくなってしまったのだ（たぶん）。

「マジか」と起き上がったケンジローがぶつぶつ言う。

「空爆きたー。げほげほっ」とショージ。

「あっ」とユメトが小さく叫ぶ。遠ざかっていくドローンに、サイがデザインされてるのを目撃したのだ。「セラスケのしるしだ……」

「神復讐だこれ」とショージ。

「おせーよ」とケンジロー。「ツノ切る前に来いって」

間もなく、騒ぎを聞きつけたアーミーがのこのこ戻ってくる。そしてすかさず、折りたたみ双眼鏡で彼方のドローンを確認する。

「やるなー」と興奮気味のアーミー。「シンヤの野郎、運搬ドローンを手に入れやがった。イスラエル製エアミュールの小型プロトタイプ、五キロまで運べるやつだ。ははぁん。中古をオークションで落したんだろ。で、爆弾はC－4……いや、プラスチック爆薬のセムテックスだな。この激しさはよ。三〇〇グラムでジャンボ機のどてっ腹に風穴が開くんだぜ。くっくっく。……にしても、あいつだれを狙ってやがったんだ？」

アーミーはライバルのシンヤの成長ぶりを上機嫌で讃えると、またまた巡回の続きに行ってしまう。

「こ・こ・これでとにかく、セラスケはアフリカに帰れるな」とヨシムラ。

「お別れ会しなくちゃ」とマナ。

「盛大にやんなくちゃ」とミナ。

「やだ。絶対やだ」と粘るユメト。ユメトが喋れるようになったので、なんだか前みたいには完全無視できない。

「じゃどーすんのさ」

「やっぱり、ホンモノ先生に相談する?」

ユメトはロッカーのモップの下に、丁寧にタオルでくるんだツノをしまう。もうセラスケが狙われる心配はなくなった。今度はみんなと一緒にホンモノ先生探索に出かけられるのだ。

「ちょっと思ったんだけど」レイラが廊下に出るやいなや、衝撃的な思いつきを口にする。

「ホンモノ先生って、もともとエイリアンかもよ」

「う・う・う・うそだ」とヨシムラ。

「やーよねー」とマナ。

「たまんないわよねー」とミナ。

「証拠は? 証拠」とショージ。

「だって、これだけ探してもいないんだもん」

やがて一行は、なんとなくレトロな匂いのする場所に出る。継ぎ足される前の校舎の廊下。しこたま雑巾がけされ続けて、シブく鈍く光ってるのだ。そして見上げると、天井下の一角にしおれた日の丸がかかっていた。

「み・み・みんな、きちんとしろよぉ」とヨシムラは国旗に向かって最敬礼する。

「ついでにキミガヨも歌えば？」とレイラ。「あたしたちは先行くけどね」

汗だくのヨシムラは直立不動で真っ赤になったまま、唸るみたいにキミガヨを歌いだす。センセーたちがやらされてたみたいに。

「廊下を走るな！」という重々しい声がいきなり響きわたる。

「何？」

「だれ？」

「わたしは学校の亡霊である」という声が、目のかすむくらいの高みから降ってくる。

「危ないおっさんの声」とショージ。

「シカトシカト」とマナ。

「聞かない聞かない」とミナ。

「整理整頓!!」という陰にこもった声が、みぞれみたいに落ちかかってくる。

「げ。逃げろっ」

「基本はあいさつ!!!」と後ろから哀しげな絶叫が追いすがってくる。

「無視無視」と呪文みたいに唱えながら、みんなして駆け抜ける。

「ここってなんか、ヨシムラ好みの場所だなー」

そのヨシムラは歌い終わり、汗だくで追いついてくる。

しばらく行くと、前方に見覚えのある影が立ちはだかっている。ケンジローよりちっぽけなので、さっきのあいつだとわかる。

「きゃ。またザシキワラシ」とマナ。

「ガッコワラシだってば」とミナ。

立ち止まった一同の前につかつかとやってきて、ガッコワラシはテンパった声を出す。

「逃げなくていい。友だちになってくれなくってもいい。ぼくは置き去りにされたとき、この最も学校らしい場所で、ガッコワラシとしての使命を自覚したんだ。学び舎に属す身として」

「演説してる」とマナ。

「政治家？　みたいな」とミナ。

「なんか一気にオトナっぽくなった？」

「ぽくなった」

「それでだ」ガッコワラシは宣言する。「きみたちに宛ててメッセージがある」

「メッセージ？」

「そ。巨大なものの今後の処遇については、ホンモノ先生の助言を求めよ」

「ショグーって？」とショージ。

「どーすっかってことよ」とケンジロー。「セラスケを」

「でもなんでさ」とレイラ。

「ホンモノ先生は、学校がよくわかっているからだ。学校というものが」とガッコワラシ。

ガッコワラシの言葉には、なんとなく説得力があった。

「すっげー。ほんとのミッションぽいぞー」ショージががぜん張り切る。「そーだ、ほんとの最終指令は《ホンモノ先生を探せ》だっ」

「ケンジロー、どう思う?」とレイラ。

「好きにしな」とケンジロー。ケンジローがそう言うときは、まあ賛成なのだ。

「ヨシムラは?」

「ぼ・ぼくはもともと、ホ・ホ・ホンモノ先生を見つけたかった」

「ユメトは?」

ユメトは深々とうなずく。

「で、もし首尾よくいかなかったらば」ガッコワラシは続けた。「そのときは、サイのツノのごとくひとり歩め」

「はぁあ?」

「ではさらば。成功を祈る」と言い残して、ガッコワラシはすたすたとレトロ方面へと戻っていった。

ということで、やっぱりホンモノ先生発見ミッションが続くことに。

自由保健室なんかをぐるぐる回ってるうちに、結局またまたウラ保健室のところに戻ってしまう。まあ迷路ってそんなものだ。どっちにしろトトミを救出しなくちゃならないが。

気配に気づいたおばちゃんが、がたがたと戸口を開けて手招きする。みんなでぼうっと見ていると手招きはどんどん速くなる。しまいには唸りをあげて、目で捉えられなくなる。それに吸い寄せられるように、一同くらくらと近づく。

「ねえあんたたち。さっきのこと、黙ってるんなら、いいもの見せてあげる。ぶしゅっ」

「取り引きね」とレイラ。「あと、トトミを返して」

「しょうがないわね。ぶしゅしゅ。じゃお入んなさい」

ところがおばちゃんは、なおいっそう巨大化してて、戸口をほとんどふさいでるのだ。下から見上げると、七……八重あごになってるのがわかる。

「うっわー。不思議の国のアリスかよー」とショージ。

おばちゃんが一歩、二歩後退して、やっとこさ中に入る通路ができる。一人ずつ、おばちゃんの大太鼓みたいなお腹の下を擦り抜けて入る。と、死んでるハイパーセンセーの傍らにトトミが一人、立っていた。両頬にはくっきりと一直線に、涙の跡が。

「あんたとろすぎー」とレイラが責める。「いちおう助けに来たけどさ。今度からトロミって呼ぶよ」

トトミはあらためてさめざめと泣く。

「い・いいものって、何かな」とヨシムラ。

みんな曖昧に顔を見合せる。おばちゃんが怒涛のように攻め寄せる。

「いぃいい？　だれにも言っちゃダメよ。ぶしゅっ。約束できる？」

「何をですかー」とショージ。

「おばちゃんとハイパーセンセーがいい仲だったこと。オトナの事情よぉ。ぶしゅしゅ」

「えー」とマナ。

「うー」とミナ。

「いい仲だったらよかったじゃん」とショージ。「悪い仲ならだめだけどさ」

「ばーか。コドモなんだから。あんたは黙ってな」とレイラ。

「ぶしゅー。黙ってたら、すごいヒミツを教えてあげるから。ほんとの、極秘の、キューキョクのを」とおばちゃん。みんなどきどきして、魅入られたみたいに揃ってうなずく。

「じゃ、こっち来るのよ。ぶぶしゅー」

おばちゃんは一同を従え、ずしんずしんと奥の作業室へ。床がたわみ、天井からはゴミがぱらぱら降ってくる。アスベストが混じってなきゃいいけど。

机の上には顕微鏡が一つ。そのそばに、《極秘》と赤マジックで書かれたワッフルの空き箱がある。おばちゃんはサラミソーセージみたいな指でもって蓋を開けると、ガラス板を取り出す(一枚ずつは取れないのでいったんぶちまけた)。そして対物レンズの下に置く(指が入らないのでマナがやらされた)。さらに、脱脂綿を敷いた苺ジャムの空き瓶が出てくる。その中から、ミニスプーンでミジンコみたいなものをすくい上げる(同じく、ミナがやらされた)。

「そうっとやるのよ。そうっと」

セット完了。

「さ。覗いていいわよ。ぶしゅしゅ」

「だれが最初？」

「こういう時はケンジロー」とレイラ。

「なんでだよ」

「あんたパニクらないから」

その評価にまんざらでもないケンジローが、大儀そうにレンズに目を当てる。

「ね、何か見える？」

「微生物がいるぜ」

代りばんこに覗くと、何かちっこいものが、クリオネ的にちらちら動いている。

「さっきは、しらばっくれちゃってごめんなさいね。ぶしゅっ。あんたたち、ホンモノ先生を探してたんでしょ。これがその人。ほらほら、手を振ってくれてない？　こんなにちっちゃくなっちゃったの。今はおばちゃんが飼ってるのよ。かわいいでしょ。ぶっしゅしゅー」

「な・な・な・な・なんでまた」と焦るヨシムラはみるみる汗だくに。そして右の鼻の穴からひとすじ、鼻血が垂れてくる。

「そりゃ一言で言えないわよぉ。いろいろとね、いきさつってものがあるんだから。ぶしゅしゅっ」

おばちゃんの超ざっくり説明に呆然とするみんな。レイラのエイリアン説よりもっと衝撃だ。

「……」

「……」

「……」

「……」

「……」

「……」

揃ってお通夜に向かうみたいにして、保健室を出る。

「いいい？」戸口につかえて出られないおばちゃんは、そこで念を押す。「ほんとにだれにも言っちゃダメよ。おばちゃん怒ったら、あんたたちくらいまとめて押しつぶしちゃうから。いいい？　あ、それから、おばちゃんにツノくれない？　すごいもの見れたでしょ。お礼にちゃんと持ってくるのよ。待ってるから。いいい？　ぶっしゅううう」

一同黙りこくって、とぼとぼと教室に向かう。

「黙ってようね」とレイラ。

「ハイパーのこと？」

「じゃなくて、ホンモノ先生のこと」

なぜかだれにも異存はない。

「最終ミッション完了」とショージ。「でもこれからどーやって生きてく？」

「どうやってって……フツーに」とひそひそ言葉を交わす。

ユメトだけは得心がいかないものの、お別れ会が開かれることに。

レイラは抜いてきた数本のタンポポをセラスケにやる。マナは金色のボール紙で作ったツノを切り口にかぶせる。ミナは折り紙を裂いて作った輪飾りを首にかける。ショージはまたまた寄せ書きを提案して拒否される。ケンジローはいない（ガムを切らしてコンビニに買いに行ったのだ）。ユメトは教室の隅で膝をツノごと抱えてうずくまっている。

「ツノがあるじゃんか」ショージが慰めの言葉を投げかける。「モップの臭いついたけどさ」

お別れ会は終った。こうして、セラスケはツノと引き換えに自由になる（はず）。アフリカに、風吹きわたる懐かしいサバンナに、これでやっと帰れる（はず）。ヨシムラの鼻血が、前途を祝福するみたいに勢いよく吹き上げる。マナとミナが罵りながらさっと後退する。ユメトはツノを抱えたままセラスケににじり寄って、ツノのない鼻先をそっとなでる。トトミがしくしくやり始める。ケンジローがトトミのガムを受け取らなかったことを思い出したのだ。トトミの涙は、壊れた蛇口から洩れるみたいに止まらない。

「そろそろオトナになりなってば」とレイラがさとす。

（了）

〈著者紹介〉

渦汰表（カタリスト）

青森市出身。辺境を中心に、長く海外放浪の日々を送る。
合間に様々な職種を経験しながら創作活動を開始し、雑誌・地元紙などに発表。
2019年末まで予備校講師として、現代文・英文・小論文などを担当し、県内各大学などでも講義を展開してきたが、ガン治療専念のため打ち切るに至る。しかし半年間に及ぶ抗ガン剤治療に効果はなく、本作が遺作となる可能性が極めて濃厚。
著書に『マチャプチャレへ』（ヴィジュアルアート刊）、『アニマル・ワークス』（鳥影社刊）
「ぞうのかんづめ」で第5回日産童話と絵本のグランプリ大賞受賞
「アルマジロ手帳」で第7回アンデルセンのメルヘン大賞優秀賞受賞
「チベッタン・ジグ」で第4回ノンフィクション朝日ジャーナル大賞入選
「マチャプチャレへ」で第17回日本旅行記賞受賞
青森県芸術文化奨励賞受賞

アニマル・トークス

定価（本体1400円+税）

乱丁・落丁はお取り替えします。

2020年 7月 26日初版第1刷印刷
2020年 7月 31日初版第1刷発行
著　者　渦汰表
発行者　百瀬精一
発行所　鳥影社 (www.choeisha.com)
〒160-0023　東京都新宿区西新宿3-5-12トーカン新宿7F
電話　03-5948-6470, FAX 03-5948-6471
〒392-0012　長野県諏訪市四賀229-1（本社・編集室）
電話 0266-53-2903, FAX 0266-58-6771
印刷・製本　モリモト印刷

ISBN978-4-86265-833-3 C0093